現代文學 70

在法律的刀刃上起舞

露西 著

博客思出版社

用文字引領你和法律人打交道

從小就喜歡中文，這似乎是與生俱來的本能。早期的詩文訓練，是跟自己帶著舊時鄉紳作派的外公在書信中以和詩的方式開始的。這種文學天賦發揮得最早最為酣暢的時期是在情竇初開時。寫情書，不是為了自己，而是被高年級女同學用零食的小恩小惠所引誘而為人代筆寫情書。寫過一些甚麼已經忘記了，但記住了中文帶給自己爆棚的驕傲感。以後寫詩，寫散文，花花草草般的文字零零碎碎見諸於雜誌或報端，比如深圳《女報》上的「苦樂婚姻」；香港《蘋果日報》上的「生命」……

一直想寫點什麼，但總是囿於只是想想。直到有寫過書的朋友提醒我「你能寫」

時，我才問自己是否真的該運筆了？當生活有了積累，人生有了沉淀，生命有了厚重感，便不想再停留在花花草草的賞心悅目的事物上面，而是希望自己的筆觸能夠伸向社會更深的層面，去觸及社會中人們視而不見或聽而不聞的問題所在。生活並非都是風花雪月，社會問題是因為人們的熟視無睹才成為問題。甚麼是社會問題？僅僅是街頭上的打砸搶嗎？

法律離我很近，相信離你也不遠。我的文字將引領你去認識一些和法律打交道的人。

我希望用心架構的文字，能夠建築出一個可感可觸的世界。我希望我的文字有情，有義，有色彩，甚至有聲響，沒有離開生活的本來面貌。

我的作品是蒙著面紗的女子，讀者需用眼光撩開面紗後，才能看到生動的可直抵心靈的東西。

親愛的讀者朋友，我希望和你，因文際會。

露西（香港）

contents

目錄

第一章　搬家

琴上拭淚為尋梅，
踏雪十里暗香隨。
風霜難掩馬蹄碎，
幾番折得幾枝回？

——〈尋梅〉

有多少的路口，我們在迎也在送。有的手，揮了又揮，揮成雨萬滴淚千行；有些影，現了再現，凝成詩千首語萬句

已是傍晚時分，萬家燈火初上。

這是一套傢俬電器嶄新的居室。依若和韻兒搬進來住才一年多。當時空蕩蕩的租屋，一住進來，她便把所有對未來的期待都添置了進去。她委託的律師事務所的辦案人員一次次告訴她，她的離婚案快結束了。希望，一次次在律師的許諾中熄滅了又燃起。

她一生最大的力氣，似乎都耗在搬家上面。這是她六年中第五次搬家，居無定所，人如浮萍，她一心盼望的是有一個固定的居處，能夠和女兒過得安心。

六年前，她從一個花園住宅中逃出，帶著女兒。她首先想到的是通過法律途徑離婚，她把所有的注都投在法官的判決上。只要和女兒能有一處棲身之所，生活就會有起色。她總是在想千辛萬苦總會有到頭的時候，只是，想不到找到律師後，自己會接二連三陷入生活的慘境。

「是我連累了韻兒。」歉疚感疊起的心債，足以令她三生難償。睹物思人，室內的每一件物品都令她陷入無法停歇的哀傷中。她聽從了明誠的建議：搬家。

她讓親友逐一離開，留下這最後一趟，讓她自己來。表姐遠道從加拿大趕來，是寥寥無幾的幾個親友中最後一個留下陪她的人，剛剛乘飛機回去。孤獨感很快如潮水般地湧向她，甚至在毫不留情地吞噬她。她像在高原地帶行走，嚴重的缺氧造成她心肺功能迅速衰竭般，每完成一個動作都感到異常的吃力。

她從衣櫃裡取出幾件衣裙後，把還掛著的一大排衣物連同衣架，殘風捲雲三兩下裝入幾個塑膠袋裏，然後拖入垃圾房在所不惜地扔掉。她曾經是那麼喜歡添置衣服。

書架上的書，她選留了幾本，其他的都扔棄了，包括她用心保存的學生時代在電視演講大賽中獲獎的一本大辭典，這是帶給她榮譽的紀念品，是南下千萬里的隨身物，可是，這一次，喜與書爲伴、營役無心的她，許多東西都不要了，下決心在和所有的一切告別。

留下最多的是那些照片，那是沉積在歲月中的古木沉香，隨便取出一張，都能重播和韻兒在一起的往日片段：

玻璃餐檯上還擺放著韻兒只喝了一半的瓶裝菊花茶；

冰箱裡還放著韻兒買來的牛油果；

門口還掛著韻兒一個月前外出時因下雨買來的一把綠色的雨傘；

到處都有韻兒的影子。

靠窗的玻璃桌上還有韻兒打開了還沒有合上的書籍：《櫻》，是最近才買的，上面還

第一章　搬家

留有韻兒手指的餘溫。她捧起來看了看，連同韻兒喜歡的一本生物書籍一併裝入手袋裡。

她看著兩個已收拾一空的書櫃發呆。書櫃裡還散發著韻兒置入的薰衣草精油淺淡的香味。女兒本是讀書人呀！她伸出一隻手去撫摸著書櫃，像在撫摸著有生命的物體一樣。

她的手碰到櫃子內側的一件硬物，取起一看，是一個鑰匙扣，上面用細小鋼珠做成的鏈繩串著一張用照片製作的粉紅色的卡片，卡片中有兩個笑容甜美的小女孩。

她把鑰匙扣套在左手的食指上。

此時的她內心充滿恐慌、悲涼，匆忙而機械地做著要做的一切，生命似乎到了苟延殘喘的地步。她像一個行將就木的人，全身沒有了活力，只有僵硬的動作。

她習慣性地敲了敲韻兒的房門，接著推開。她的眼睛直愣愣地朝向那扇迎面半開的窗戶，一動不動地站著。

窗前，水綠色的紡紗窗幔像是有溫柔的手撩撥著在輕輕飄蕩。

她借助凳子爬上窗臺，顫動著腿和手，小心翼翼地把窗簾取下。

她把折疊好的窗簾摟在胸口，退後幾步，望著空蕩蕩的窗口，忍不住猛地抽了長長一口氣，似乎要讓這口冷氣在五臟六腑中翻騰一遍，留下記憶，然後，淚水奪眶而出，在她清秀的面龐上肆意滑落。她下意識地用手上的窗簾緊緊捂住嘴，然後埋下頭，想要把命運劈頭蓋耳砸向她的一切悲苦，隨著淚水一口口嚥下肚。

命運，不可抗拒，想改變它運行的軌道，必有代價

「媽咪，我跟你走。」韻兒柔美的聲音盈盈於耳，好像是隨著海風從不遠處傳了過來。她轉身走進客廳，把窗簾放入行李箱裡，目光在室內的每件什物上都做了短暫的停留：沙發，書櫃，床頭，桌椅……每一陣停留都能碰出韻兒悅耳的聲音。她似看見韻兒輕輕揚起她那白皙的面孔在跟她說話：

「媽咪，能不能不吃巧克力？高糖是傷身體的。」

「媽咪，少看你的手機，你能不能陪我一起看書？」

「媽咪，不要相信你請的律師呀！」

她看了看門口空蕩蕩的鞋架，那上面曾經擺放過韻兒的一雙黑色舊運動鞋。韻兒的聲音在室內迴旋：媽咪，給我買雙白色的運動鞋好嗎？那是三個月前韻兒說的話。那時，依若正在整理手上的教材，說：等我有空再去買吧。

屋內所有的家俬、電器和插花擺設，她決定全都不要了。韻兒走了，屬於她的一切都不再值錢了。

她像是在翻演某個劇本中的某個角色，已分不清人生如戲，還是戲如人生。生活中突出其來的災難搗毀了她的一切。她怎麼也想不到，本想花錢找律師來幫助自己，卻買來的是一場連環傷害。

有五雙黑手不停地在她眼前晃動，眼睜睜看著它們把自己打入了十八層地獄。周圍是一片黑暗，混沌的大腦中還殘留著一處清醒的地帶。不幸發生的當天下午，她記得自己對著站在她面前施以援手的警員，送出沒有經過大腦過濾過的惟一一句話便是：是人渣律師害了我們！這些話，不是警員著重聆聽和關注的內容。面對警方的提問，她只剩下空洞的眼神，以及搖頭和點頭的一點意識。

她從紙袋中取出新買來的白色運動鞋，在心口緊捂了一下，俯身把它擺放在韻兒的房門前，身體像被抽空般迅速屈膝滑作一團，髮披面，頭垂地，對著窗口，猛地把頭在地板上磕出了帶血印的響聲，然後倒伏在鞋前，顫動著悲愴得只剩下線條的身軀，一聲一句：女兒，對不起！

她內心的呼喚，填滿了她的心空，也填滿了她和韻兒住過的房間：

我彷佛聽到你回家的腳步聲在門外響起，

就像窗前的風兒搖響著一串風鈴。

可是，我遲遲聽不到你掏出鑰匙的聲響，
看不到你把夜色推開，
並柔聲說上一句：媽咪，我回來了。
我看不到你優美的身影，
女兒，你去了哪裡？
耳邊，似有一個小女孩稚聲稚氣的聲音從遙遠處傳入窗口：媽咪，我們會永遠住在香港嗎？

「是的，我們的家在香港。」
「香港的房子又高又瘦，我喜歡肥肥的房子。」
「等你長大，媽咪帶你去住肥肥的屋子。」
「嗯，我想肥肥的屋子上長滿玫瑰花，我和媽咪一起去住玫瑰屋。」
「好。」
「我不喜歡這種硬硬的窗簾。」
「這叫百葉窗簾。」

「我想要……白雪公主房屋中那種飄呀飄的窗簾。」

「好，等我們有了自己的房子，媽咪買。」

「要綠色的，像……含羞草那種顏色。」

世界像一個僞君子，一轉眼在她的面前撕破了臉，露出了猙獰的面孔

雖已入秋，天氣並未轉涼，尤其是街道，沉積了一天的熱氣似乎就等著傍晚對著行人當街撒潑。

依若拖著一個紫色的行李箱，從一個地鐵站走進，又從另一個地鐵站走出，最後走在街邊一條陳舊的行人道上，步履有些踉蹌。

月色當空，把她的影子在不平整的舊街行人道上劃得很凌亂。如今屬於她的一切都是凌亂的：頭髮，腳步，還有心緒。

身邊的馬路上，雙層巴士喘著粗氣，碾過夜晚的光怪陸離。

那一閃一現的各種街光，忽明忽暗地從她那一張蒼白的面孔上掠過，映照出她麻木的神情。她像落入荒原的離群了的動物，失神落魄，滿眼是從悲痛中滋生出來的恐慌，無助，甚至絕望，即使她現在被禿鷹在身體上狠命叼啄幾下，亦不會有任何反應。

有一個珠光寶氣的女郎從身後招搖地走在她前面，一陣淡淡的古龍香水味撲鼻而來。那女朗時髦的貼身衣裝上點綴著閃片，在夜色泛動的光暈中盡情扭動出臀肥腰圓的誘惑。

當年，她拖著行李箱，心潮湧動著大時代的共鳴聲，踏過了爲南來北往的腳步支起的通道——羅湖橋，帶著小橋流水的江南情致，看大、小巴士，豪華車，電車碾過有著五花八門名稱的街道，近距離目睹人流不息的各大、小店鋪一字排開的市區繁華。

外面精彩的世界對青春的誘引，是一種油畫半裸美人式，予人以無限想像的空間。那時，她還年輕，不管不顧圍繞自己的男生有多麼優秀，大有錯了也不回頭的南下的誠意和決心，只是這樣的誠意和決心後來在律師揣測她婚姻的意圖時一筆勾銷了。

「我有什麼不好？」那個十六歲就進了少年科技大學，父親副市長權柄在握的曉峰曾一臉不解地問她。他爲她寫詩，認識她就想讓自己所有的朋友都知道她的那份狂喜還沒有消失。可她一句「找不到感覺」，便把一段剛剛奏出旋律的感情打上了休止符。「款款深情皆作廢。」這是曉峰寫給她的最後一闕詞中的最後一句。

感覺到位，關係就可以成立，當時她就是這麼想。她是用詩歌美文調配出的有那麼一些情致的女人，她要的感覺無法解釋，這是她內心活動的密碼。就因爲他來她的城市旅遊，她爲他指路，就因爲彼此看了一眼，這前生今世的姻緣就不能阻擋地拉開了序幕，並蔓延成她後面竭盡全力擺脫的孽緣。那時異地情是一個流行詞彙。他身上時不時地抖落出的見多識廣的海派文化，對那個時候有著無邊無際幻想的她來說，感覺是蘸了蜜的甜，她甚至幻想著可以和他天荒地老地生活下去。

一起生活後，他努力想把她打造成灰頭土臉的地道家庭主婦形象，可是，她想要的生活不是蜷縮在家中，而是能在這繁華的城市中挺胸昂首揚一揚自己的神采。風調雨順的日子沒過多久，矛盾不可避免地釀成了衝突。

婚姻中的那些事，五味雜陳，感覺是自己的，說出來就變了味，想讓人理解，不過是異想天開，所以，她忍耐，很少說與人聽。在這座城市，因爲不是土生土長，雖然她居住了那麼多年，仍然感到有些陌生。離了婚的女人，在社會上似乎是理屈的一個稱號，她努力尋找前路，心理的承受能力超過許多人。

「你都能在這裡找工作？」在他輕蔑的眼光中，她攢足了力氣，跌跌撞撞地去大學進修、去參加各種考試，還去找到了工作。她甚至有些驚訝自己怎麼可以就這麼容易找到工作，她吃的是天生的中文好的飯。她在一家教育中心工作，有了自立帶來的做女人的底氣。

思想上的衝突造成彼此不能成全，共存便成爲障礙。感情這盞油燈，她和他在一切都不能協商中燃盡了。她沒有放下女兒，再難，也要把女兒帶在身邊。

屬於自己的人生在踏入不惑之年時才眞正展開，但她義無反顧，沒有退路時只能勇往。因爲有女兒在，她便有希望傍身。

有一處婚後房產，新房空置了十幾年。她去有關方面諮詢過，按公平的原則，她可以爭取到一半的權益。她像在茫茫前路上看到一線亮光。她相信股票跌到谷底會有反彈的時候，一切會好起來，可是她不知道谷底不設下限。

生活並不按照她的期望來編排。她沒有預計到離婚官司的費用會超出她的預算，更沒有預計到離婚官司會被律師改頭換面般地在處理。

生活的殘酷不是你是否認識它，而是它根本不認識你是誰。

前幾日房產經紀的問話像一陣飄著汽油味的打火機聲，在她耳邊啰嚓作響：這座城市你有其他親人嗎？

她木然地搖了搖頭。好在戴著墨鏡，罩住了她瞬間可以盈滿眸中的淚水。每一個可以令她聯想到家的資訊，都可以迅速瓦解她努力拼湊好的看不出褶皺的平靜。她覺得這個世界正對著她舉起寒光逼人的刀一樣的殘忍，不斷去觸及她最經不起一碰的神經，似乎想連衣帶褲扒光她，展示給世人看，看她毫無設防地一敗塗地，看她失去女兒錐心泣血地悲愴，看她被法律界伸出的黑手打翻在地而毫不眷生地絕望。

沉甸甸的棕色皮包壓斜了她的右肩。皮包裡面裝滿了她的全部家當：幾張證件和幾張銀行卡。她在搬家。以前搬家韻兒隨遷，這一次，街燈下是她孑然而行的身影。歡喜和悲涼的鏡頭，在不知不覺中說切換就切換。生活像一個行騙的賊，只需一瞬間，就掏空了她的一切。

那些霓虹燈下的街景，紅閃綠爍出大提琴般悲愴低鳴的背景樂。

貼身的皮包裡傳來電話震動的聲響，她連看手機的力氣也沒有了。她像是在高原地帶行進，每一次呼吸都緊促和沉重。往哪裡走？前路等待她的是什麼？生活中的那些信念，隨著女兒的離去而分崩離析。

站在新租的房屋前，似乎需要勇氣，她深吸了一口氣，才動作遲緩地取出鑰匙開了門。一片幽黑闖入她的眼簾。她在門前的牆壁上用手摸索著找到了開關開了燈。狹窄的房間內，燈光中，室內簡陋的陳設一覽無遺地映入眼簾：一張靠窗的床，一張靠牆的衣櫃……

人生之旅走著走著，又走回了原點，韻兒不在了，屬於她的家沒有了。想到這裡，悲從中來。

她想換下房東灰色的窗簾，打開行李，取出那幅水綠色的紡紗窗簾，想抖開，只是手指不聽使喚地在窗簾上撫摸著。這是她帶韻兒第二次搬家時一起去買的窗簾。她告訴韻兒說等有了我們自己的房屋，再買一幅更好的窗簾，可韻兒說媽咪買的最好的東西就是這幅窗簾了。想到這裡，一滴淚水滾落在窗簾上，浸出更綠的痕跡。

因爲有了娃娃，媽媽才有家

那是一座大廈的十二樓的一扇窗戶，裡面亮著燈。

房間裡，一個四、五歲的小女孩正趴在百合葉拉起的窗口，看著不遠處幾座高樓大廈，那裡有從一個個火柴盒般大小的窗口透出來的昏黃的燈光。

女人鋪好了床，對著視窗小女孩的背影說：韻兒，明天你還要去幼稚園，快點睡覺吧！

小女孩睜大眼睛看著窗外，水靈靈的眸裏閃動著光亮：我在找星星。

女人放下了視窗的百葉窗簾，說：這裡看不到星星的，明天晚上，媽咪帶你去樓下看星星。

小女孩一邊往被窩裡鑽，一邊喃喃地說：媽咪，很晚了，爹地怎麼還不回來？

四周突然間顯得很空寂，女人的聲音顯得很輕：不回來更好。然後伸手把房間的燈熄掉，幫小女孩掖了掖空調被，也躺下了。

「媽咪。」

「你說。」

「我不想看到你和哆吔吵架。」

「媽咪也不想。可是他……不好……」

小女孩從被窩中伸出一隻小手拍了拍女人的嘴巴：打嘴，打嘴，背後不能說別人的壞話。

女人摟緊小女孩：快睡覺。

小女孩兒清甜的聲音在靜夜裡迴旋：

月亮是星星的媽媽，
星星是月亮的娃娃。
星星說：媽媽，媽媽，
有了你，夜晚我不害怕。
月亮說：娃娃，娃娃
有了你，媽媽才有家。

第二章　綠影窗前

如是臨風立歲寒，
轉身來路望雲煙。
披風戴雨穿芒過，
心捧馨香一朵蓮。

——〈心香〉

有多少的愛，是大海和藍天一樣的遙遙相望；有多少的愛，是輕輕一轉身的永不再相見；有多少的愛，讓人用淚珠串成回憶，掛在日夜盼望的窗前

這是懸崖邊上，依若和韻兒正站在上面，舉步維艱。一雙黑乎乎的手正伸向她們。她想掀開那雙黑手，可是使盡渾身解數，都不能邁開腳步，眼睜睜看見一隻面目猙獰的狼，張著血盆大口向她們撲來……

依若突然間醒來，一身冷汗。這段時間，相似的夢魘一次又一次像繩索般勒緊她不放。夢境和現實交錯在一起，令她分不清哪一個離自己更近。

她微睜著雙眼習慣性地伸手摸索著去撫摸右枕，並叫了一聲：韻兒。沒有回應。接著她猛地坐起來，粗氣急喘，一翻身赤著腳去撳亮床頭那盞燈。房間亮了起來，病懨懨的亮光在她的四周散開，又聚集成一堆細小的閃片，把她圍了起來。

意念中冰冷冷的兩條路橫鋪在她的面前：去，留。她嘗試儲存一些安眠藥，不知是否拿錯了藥，藥物的異味攪得她噁心不已。她跑去海邊，看到那海浪親昵吞吐著海邊的黃沙，內心翻騰著不盡的藍色物語。天地間，何處是她的歸途？

她突然間像是想起了甚麼，拿起手機就去撥打一個電話，沒人接聽，再撥，仍沒人接聽。她的眼角掃向床頭上的座鐘：5:45。

她想喝水，去端桌上的杯子，那杯中還有她昨晚沒喝完的咖啡。她看到杯子下面壓著一張粉紅色的字條，上面寫著：媽咪，我愛你。

「韻兒，我的韻兒來過？」她用手把字條貼在胸口，赤腳在室內連呼帶喚，轉了幾圈，沒有韻兒的蹤影。每一天的生存空間都被苦痛製造出各種錯亂的狀態來填塞，生命中沒有了支點，活下去，是一種苦役。

房間內的床緊貼著窗口，窗外有海景。依若有時想推窗迎風望海，讓被悲苦壓扁了的一顆心，能夠面朝大海舒張一下。只是，她連看海的心情都沒有。只要醒來，她便會坐立不安，有一種螻蟻滿身爬的感覺。無助裹挾著悲涼，洪水般圍著她的心泛濫。

生活嚴重縮了水一般，活著的動力被悲痛一網打盡，只留下狼狽不堪。

視窗那幅厚重的灰色窗簾，一直就那麼像個侍應般，垂首半掩面，幾乎罩住了大半個窗，把她的心情越罩越沉重。

想了想，她決定換掉窗簾。她掛上了韻兒喜歡的含羞草綠的窗簾。

窗簾上面佈滿韻兒的笑容。那些寫給韻兒的詩句在眼前閃現：

我撥開密密層層的人群，

可是看不到你熟悉的身影。

我沿著一個又一個站口找尋，
可是找不回你燦爛若陽的笑顏。
我該如何找到你呀？我的女兒，
是要點燃千萬炷涕淚的香火？
是要哭撼世上所有的湖海江河？
還是要把每一片綠野叢林踏過？

綠色的窗簾在晨風中拂動。她倚靠窗前，面貼綠簾，遙對大海。她回憶起那些和韻兒在一起的開滿鮮花的日子。那是韻兒三年級的時候，她第一次撇下放學回家的韻兒上街購物。走在路上，收到韻兒的電話：媽咪，你在哪裡？

「媽咪在購物。韻兒乖，要學會長大，不要總黏住媽咪。」

「媽咪，你要早點回來。」

回來後，韻兒已做完了功課，正在翻她的漫畫書。

一見依若推門進來，韻兒張開小手摟住蹲下來的依若的脖子，不過三、四個小時，像久別重逢一般，喜樂堆滿了小臉：媽咪回來了，媽咪回來了！

依若的目光被韻兒書桌上的一張繪畫吸引住，便取來看。

畫面上有一座藍色小屋，房頂、房門和窗戶都被一朵朵粉紅色的玫瑰花裝飾著。在玫瑰花中間用紅藍兩色筆交錯地寫著：媽咪的玫瑰屋。

這幅圖畫的背後，有用鉛筆寫下的幾行稚嫩的字體：我的媽咪是世界上最好的人，她對我是最好的呀！雖然有時候會發脾氣，但是我知道媽咪是很辛苦的。

「哇，這麼多的玫瑰！和媽咪一起數一數……一，二，三……三十六，畫了三十六朵玫瑰呀！」

「媽咪三十六歲。」

依若把女兒緊緊摟在懷裡，撫摸著她粉嫩的手臂：媽咪一定好好待你，寶貝，你是媽咪心中開出的花。

女兒嬌嗔地噘著粉嘟嘟的小嘴：媽咪不要離開我。

幾天後，城市電台在母親節期間舉辦了一項有獎活動，每天選出三位聽眾來講一個和母親節有關的親情故事，爲期一個星期。依若參加了這次活動。

「我一直希望有一處屬於自己的漂亮的住宅……」那日，她一手拿著手機，一手拿著女兒的畫，通過連線，她的清亮的嗓音淙淙如溪響，傳入千家萬戶：

「……有一天，我的女兒畫了一幅畫送給我，是用水彩筆畫的一座玫瑰屋。畫面上是一朵又一朵盛開的玫瑰，點綴在一座藍色木屋的周圍。我數了一下，一共有三十六朵玫瑰。這是我的年齡，三十六歲，我的女兒記得。我的女兒在玫瑰屋的房頂上寫了幾個字：媽咪的玫瑰屋。女兒對我說，長大後要和媽咪一起去住玫瑰屋。」

依若的玫瑰屋的故事獲得惟一的最動人故事獎。她和韻兒一起去電台把獎品取了回來：一枚五毫子硬幣大小的純金吊飾。那吊飾一面是一朵蓮花，另一面正好是韻兒的生肖。韻兒比她還高興，因爲媽咪講的是她的故事。

如今，那枚蓮花金吊飾還在，只是離開了韻兒，她不知道把它留給誰。

送韻兒走的那天，幫忙主理後事的黎小姐問需要什麼樣的佈置，她說出了要用上玫瑰花。

事後黎小姐告訴她用了三十六朵玫瑰。

玫瑰，三十六朵？

這天上人間，冥冥之中，究竟是怎樣一種刻意，才有了前世今生像珠鏈串連在一起的這種絢麗又淒絕的安排？

她無動於衷地注視著闖入眼簾中的一切，內心盤根錯節地生長著的卻是悲苦，絕望，甚至仇恨

她看到了天邊的晨曦，正把灰濛濛的海面一點點染得清晰可見，並滲出瀅瀅的藍色來，只是，許多美好的事物如今在她眼中變得很刺眼。

這些日子，她的淚線十分發達，雙眼是淌不乾的泉眼。直到識物模糊去看了眼科，醫生釋放出權威訊息：右眼需要動手術。雖然醫生說是太陽光及電腦光線導致的後果，可她更願意相信自己的判斷，眼睛是哭壞的。

她機械式地三兩下穿好衣服，甚至沒有認真梳洗一番就準備出門了，她不敢看鏡中的自己，她認不出現在的自己了。那些讀書讀來的像磁鐵般附上身的惟美風格、理想主義，已被眼前的現實肢解得體無完膚。

晨風吹拂著她黑色的衣裙。不知過了多久，她的眼睛在街頭搜索，找到一個拐彎的角落，在確定不會驚擾到他人時，她又開始撥打電話。她需要有足夠的心理支撐才有力氣撥打這個電話，這是她打過許多次都沒人接聽的電話，這回通了，朱律師的聲音像空中的飄浮物飄入她的耳膜。

「尋人啓示究竟刊登在哪份報章上？法官怎麼會出這麼大的錯，竟然批示在印尼報章

上刊登？這是什麼遊戲？法律是拿來這樣玩的嗎？」

她原本想柔聲細氣地問，但不知不覺變成了哭喊：我的女兒都沒有了，你們怎麼還不放手？你們是律師嗎？我已經忍無可忍了！她喊得竭嘶底里，喊得震天動地，喊出了眼淚，喊出了汗水，喊得右手握緊了拳頭。這是一種對天對地的哭喊，這是在法治社會被執法者打入十八層地獄的悲憤！若不是不想失去應有的教養，她很想對著這些毫無人性的卻披著執法者外衣的人渣，在電話中大罵幾聲：混蛋！

她不知道對方說了些甚麼，並在何時掛斷了電話，她只知道一陣天旋地轉後，需要擦乾眼淚。眼淚是自己的，這個世界上沒人喜歡看眼淚。她的腦海中生出的一個念頭變得由淡而濃清晰起來，她找到了活下去的理由：投訴！

她曾經投訴碰過壁，大不了再碰一次。古時候有人以死進諫，她決定用命去討回公道。她是活得謹小慎微的人，臉面，她比誰都看重。她害怕遇到被人拒絕，那些冷冰冰的回應，只需碰到一次，就足夠她消受一生。可是，腦海中懸起的一個個問號令她欲罷不能：律師怎麼可以滿嘴是謊言？爲什麼有人心狠毒辣會對她和她的女兒下手？她有太多的疑問，她需要整理自己的思緒。

除了母親笑她讀書讀傻了以外，在許多人眼中她是聰明人，但當不幸狂暴般掃向她時，她開始懷疑自己的智商，怎樣能夠告倒律師？哪裡有通途？

一輛救護車從身邊呼嘯而去。

一個渾身還彌漫著昨夜睡意的女人當街停下來，摟著身邊的一個棕髮男士熱烈吻別，然後風情萬種地轉身而去。那胸前顫動的誘惑似乎很想把做女人的魅力一絲不掛地顯示出來，雖然是初秋，這南方的太陽升起來的時候，街面上的熱氣仍是不依不饒地在升騰。

依若一步步行走著，沒想到一條街不用拐彎，卻有這般任性地長。

「太太，你，你沒有事吧？」

從她的左側冒出了一名中年女子，望著她問。她開始意識到自己正茫然走在路上，行屍走肉般地存在。她回過神來答覆：沒事。那女子邊看她邊帶著驚恐的神情離開。她甚至在想那女子會否有病。

這時，手機有訊息傳來，是明誠發來的，和她確定會面時間。明誠身上有一種雄性的力量，她需要。他能洞悉她的內心，瞭解她如今求死不能求生不是的岌岌可危的生存狀態。

她身邊一直缺少男人，飽嘗了生活中的一種缺失。這種缺失處理不好，會演變成一生的缺憾。只是當自己經歷了生離死別，才知道今生的真正缺憾在哪裡。

還有一則訊息是陸露發送的。依若看了看那些炫耀著快樂的字句，沒作任何回應。

她走入左邊一條街道，看到有一家診所，大腦的灌木叢裡充斥著安眠藥和懸崖。她走了進去，正要坐下，看到視窗戴著口罩的一名中年護士在盯著她看。她突然想到自己沒有預約，再留意一下視窗的張貼，發現這是一家牙科診所，便迅速起身退出。

剛走出門口，有人叫住她。回頭一看，叫她的女士正除去口罩，露出一張熟面孔。是溫太？張太？還是黎太？她一時記不起。

「進來吧！我幫你加個號。」

依若搖了搖頭，這個時候，她不希望遇到任何熟人。她用頭髮把兩頰都遮住了，依然有人認出她來。退出診所時，她想起了，那護士是溫太，她們以前是樓上樓下的鄰居，還一起在茶樓喝過茶。溫太是一個典型的怨婦，和依若一熟絡就大嘆她在生不如死的婚姻中所受的委屈，對自己的男人已怨成了咒罵。「唔夾」是她痛苦的說詞，「衰人」是她傷心的厭語。

可能她現在離了婚吧！依若這樣想了想。

她沿著一條大道走，直到看見一塊路牌上面寫著：皇后大道東，這時才駐足。印象中好像還有這麼一首歌，寫歌的人已去了台灣，他寫的歌曾經唱遍華人區。許多的標誌都顯示在路口，比如人生的路口，又比如心靈的路口，可是許多人往往驚覺不到，人們習慣了走錯了路才去問路。

她原本喜歡聽林間的風、海邊的浪奏響的聲響，可是，無情的現實狠狠把她拽了回來，逼著她內心淌著血去看人群中那些帶笑的面孔，那些牽兒喚女的母愛畫面；逼著她把偏執運用到喜歡往人多的地方去紮堆。她開始喜歡聽市聲，聽那些嘈雜聲喧起的高分貝的聲浪，能讓她感覺到自己還活著，哪怕氣若遊絲般，但畢竟還有氣息，只有這樣她才可以感受到這個世界還有動靜，可以幹擾她的神經不集中在傷痛處。

她折回附近的地鐵站，坐了幾個站後，又從另一個地鐵站走出。

當黑暗像一隻巨手，掐斷了她生存的信念，生活帶給她的全部都是問號。面臨苦海，所有的道理都失去了說服力

她憑著腦海中的些許記憶，走進了一座商場內的咖啡店，裡面坐了許多人。映入視覺中的是一張張不相識的面孔，她喜歡這裡的氛圍。她要了一杯咖啡，坐了下來。她喜歡咖啡的那種苦，可以輸送到每個味蕾，如果以毒攻毒能夠成立，那就能以苦攻苦。

有一支曲子，隱隱約約飄過來。久違了的樂音，她不想聽。她木然地活著，只有一切的醜陋才能烘托出她的心情。她以爲自己是音樂的絕緣體，可是這支曲子像是在她眼前撒下一片柔和鬆軟的可以嗅到薰衣草香的月光，令她的肌膚有絲絹輕輕滑過的細膩的舒服感。她的心得到一種浸潤，能夠不帶淚水地回憶起和韻兒在一起的時光。

她和韻兒一起最後一次外出，是在一年前，她陪韻兒去購書，途經這裡時，這支曲子引路，吸引她們走了進來。這裡竹椅，竹墊，連牆壁上的裝飾物都是竹子做的。韻兒說喜歡這裡，接近自然。

那時，韻兒選了一客甜點，就坐在對面，用嬌柔的聲音問：媽咪，你能不能下個星期也來這裡陪陪我？她一口氣回絕了：媽咪很忙，哪有時間？

她是甚麼時候開始忽略了韻兒的存在的？好像是在韻兒讀小學四年級時，她忍耐了很多年了，覺得韻兒可以照顧自己了，於是急著外出找工作，希望能夠自立；又好像是在韻兒上中學的時候，那時韻兒有些叛逆，總和她在言語上針尖對芒刺，她忽略了親近和溝通的重要性，一切順其發展，總以爲生活會幫助韻兒成長。她不知道自己所製造出的成人世界的紛爭、錯誤，以及喧天巨浪，間接搗碎了韻兒夢想的天空，影響到了韻兒的成長。

韻兒是孤獨的，會考落榜後，一直把自己關閉在孤獨和黑暗之中。她幫其他學生補習，卻忽略了自己的女兒也需要補習。韻兒的安靜反而令她放心。她忽略一個正在成長中的生命靠的不是自我茁壯，還需要親情陪伴，還需要心靈救援。她是後來才知道韻兒在中學時曾遭遇過校園欺凌行爲，一個男生摔壞了她的眼鏡。等她知道此事時，已過了五年。韻兒把什麼事都關在心裡。

而她在生活的排序上沒有把韻兒排在首位，因爲急於離婚。她後來才明白生活中常常是有避險的提示的：韻兒過份的安靜，韻兒曾經在出事前幾天大哭過兩次，只是這些跡象都沒有引起她足夠的重視。

生活買不到一個早知道。痛過，才恍然一悟：人，都得爲自己的錯誤買單。

周遭很安靜。那支曲的旋律依舊在輕輕蕩漾，蕩漾出一張張歡樂的笑臉。那些漂亮旋轉的裙裾，那些碎花洋傘沾著花粉在樂曲聲中旋轉。她想起了這支曲名：萊茵河畔。

快樂是別人的。

依若入神地面對著眼前的咖啡杯，看著杯中的心型拉花圖案中的泡沫一個個在熱氣中破滅。

她手指套著的那個金屬鑰匙扣，在燈光下熠熠閃著光。

這時對面來了一位中年女士，問詢依若椅子是否可以坐？

依若點了點頭。

那女士側身坐在依若的對面，白皙的右面頰的下端有一粒黑痣。女士衝她一笑時，如傘貝般的牙齒展露出來，帶出沒有隨年齡走遠的幾分女人的風韻來。

依若飄動著眼光去看了看那女士，一身的妝扮得體而有品味，很容易讓人的腦海圖騰起一個印象：優裕的生活。

女士品嚐了一口咖啡後，用笑臉朝向了依若。

依若在翻動手機微信中的一則短訊：以前不知道，現在讀的書多了，接觸過的人多了，才知道人與人之間，天與地之間是有感應的。爲什麼那麼多有德行的人家裏遇到了不幸可以化悲痛爲力量，是因爲他們知道只有這樣也必須這樣做，才能給天上的親人正能量，再艱難也需要擦乾眼淚往前走。

這是表姐寫來的，只是對她來說，許多勸慰言辭都失去力量。

「你是台灣人？」女士的聲音友好地輕輕傳來。

依若搖搖頭，牽動著嘴角，想笑一笑，但沒有成功。那女士幾次打量依若，有一種想和她說話的意慾。

「看看，我的女兒。」當依若撩開眼簾和女士投來的目光相接時，女士把照片遞給依若看，說：我的女兒在升讀中學時，我就送她去美國那邊升學了。依若看到了茵茵綠草中席地而坐著一個渾身灑滿了陽光的年青女孩，在她的身邊散落著幾本書籍，

依若想讚兩句，但聲音像被鎖住了似的。

女士繼續告訴依若：我的女兒十九歲了，在讀大學。

十九歲？依若聽著，眼淚瞬間盈滿了眼眶，並順頰無聲地流。她無法掩飾內心的悲苦。

「你，你沒事吧？」看到她這般強烈的反應，女士顯得有些緊張。

依若想說點什麼，卻終究只有濡動一下嘴唇的動作，甚麼話也說不出。同爲母親，她感到自己很失職，疚意蛛網般又開始纏繞著她，有些債永遠還不清，那就是：心債。

她的記憶總是停留在韻兒小時候，那是流金歲月。她把套在左手食指上的鑰匙扣取下來，用有些僵硬的手伸出去遞給那女士看。

卡片中是兩個小女孩的合影。她們模樣乖巧，年少嫵媚，穿著校服，各自在做著俏皮可愛的手勢。照片下方顯示出兩行中日文交替的文字：十年後的我們。一百年後的我們。

女士接過鑰匙扣，手指撫了撫卡片，誒了一聲後，雙眼在放光，說話的聲調在升高：這是聖公會的一家小學。繼續又說：她們八、九歲吧？

依若點了點頭，並抬頭去看那女士，似乎在問你怎麼知道？

女士說她只是猜猜，看她們的服裝和樣子猜的。

依若深埋著頭，眼濕，半晌才說出一句話：

「十年後……我的女兒不在了。」

女士似乎明白到了什麼，理解似地點了點頭。沉默了一會，說：這個世界上每天都有很多不開心的事情在發生，不知道什麼時候不幸會降臨到自己身上，我們能夠做的就是要讓自己的內心堅強。

店內縹緲的樂曲戛然止住了。那種感覺像是放飛了鴿子，手上還抓著一根潔白的羽毛；喝完了紅酒，酒杯上卻殘留一點酒紅，美妙之後更見憂傷。空氣中彌漫出咖啡苦澀的味道。

女士又說：不開心的事情要對人講，心裡會舒服一些。

當依若起身要離開時，女士寫下一個電話號碼交給她，說：我叫南希。這是一個社會服務組織的地址和熱線電話，去找他們，說不定能夠幫到你。

第三章　陷入泥沼

野外撲蝶入蔓叢，
毒蜇舞爪現狂蜂。
連番歡喜風劫去，
蛛蟻纏身亂心蓬。
——〈野外〉

請不要漠視別人的苦痛，如果放任黑暗漫延，說不定被黑暗附體的下一個人就是你

一家律師事務所門口。

依若來回踱著步，氣喘吁吁趕到這裡，需要鎮定一下。她是取消了下午的課趕來的，生活令她在工作和離婚案兩者之間疲於奔命。她一次次來這裡宣讀誓章，以及按律師要求補充似乎永遠也補充不完的材料。

每當走近這裡，她都有一種泰山壓頂的感覺，緊張而不知所措，似乎她越急越需要具備看蝸牛爬行的功夫和耐心。離婚案交給律師處理了六年，這麼長的時間，兒童都可以長成青少年了，但還沒有結案。這種馬拉松式的長跑，耗得她精疲力倦。辦案程式彎彎繞繞，撲朔迷離，她發現自己像是走進了一座迷宮。

一年前，她曾經把自己最近一次見律師的詳情記錄下來，去律師公會投訴，但如石沉泥海。她怎麼也想不到自己當初飛蛾撲火般走近自己心目中的法律，到頭來卻要用另外的方式和法律結下不解之緣。投訴材料都是根據她以前的筆記整理出來的。好在她有記筆記的習慣，記憶追溯起來就不是太難。

「今年5月12日，是我近三年中第二次見到朱律師。他告訴我，案子到現在，我有兩

個選擇：一是如果爭取房產，但你就不能離婚了，而只要對方不出現，你永遠爭不到產，這個案子就永遠擺在這裡。二是如果以非正式方式離婚，還可以去爭取房產。

朱律師給我打了個比方，如果對方失蹤就像有人殺了人，警方抓不到人也就沒有任何辦法了。

聽了律師這樣的解答，我突然覺得眼前一片黑暗。

在這時，我從朱律師口中聽到一個新的概念：房產就是贍養費。他說只要找不到對方，你就永遠得不到贍養費。我說我並不要贍養費。朱律師說：房產就是贍養費。房產是贍養費？這是我從沒有聽說過的。以非正式方式離婚？這也是我沒有聽過的。

我抱著最後一線希望問：有朋友告訴過我，如果對方失蹤七年，只要我沒有離婚，便有房屋的繼承權。

沒想到這句話有些激怒朱律師，他的聲音驟然升高，極不耐煩地揮了一下手，說：究竟你朋友是律師還是我是律師？他似乎希望我在非正式方式離婚書上簽字。我無法接受，我說我需要時間考慮。

走到樓下，我又被朱律師電話找回去，說是我的案子可以放在這裡繼續打。我說，怎麼找到對方呢？他說，你可以請私人偵探。自己想辦法。我想如果我能自己想辦法，就不用通過法律途徑了，那找律師來有什麼用？

接著，朱律師要我帶上我的呈請書的影印本去申請法援。我感到奇怪，我說六年前我就沒有申請到法援，爲何現在快結案了去申請？朱律師把他的名片交給我說，用它就可以申請到了，並再三強調：必須去申請我們才能爲你繼續辦案，以後你出庭不用付費。這麼說，我還有出庭的機會？

可是，我不明白，剛才還說讓我簽字結束這個案子，現在只是前後不到十分鐘，又讓我選擇申請法援繼續打官司。這是怎樣一種法律指引？」

律師不時拋出的一些法律專業術語，令她不明就裡，只能這樣想：這裡的法律可能和其他地方的不一樣。

她曾懷著謙卑之心發短訊去向明誠請教。他說應該去問律師。他不相信她得不到律師應有的解釋。而律師讓她反反覆覆宣讀誓章的這些疑惑，誰來向她解釋？因爲對方失蹤，昏天黑地攪出這麼多的請示，批示，宣誓，等待。她感到面前有一片泥沼，她不想掉進去，甚麼都不想爭取了，只希望儘快結案。她不知道自己已經掉入了泥沼。

人在迷局中，恁她那點法律表皮上的點滴知識，怎麼可以應付得了律師加助理以及這些合夥人不斷變魔法般拋出的法律條文。

一年前，明誠找到他多年未聯絡了的已做了律師的中學同學，姓程，讓依若去找他。依若一直有一種「求人三分低」的心理在作祟，這麼多年，她單槍匹馬行走於這個社會，嘗足人間雜陳五味，再加上幾番遇人不淑的經歷令她害怕再走近律師。直到明誠發來短訊說那你該相信我吧？這句話給她打了強心針，她去找到了程律師。程律師瞭解了她的案情後，說了一句：案件處理上疑點重重。並告訴依若，最近有一個法院下達的聆訊令，建議她上庭向法官說明實情。她驚訝得睜大了眼睛：最近的聆訊令？可是律師並沒有傳達給她，她更不知道自己還可以要求上庭。離開程律師，她便即刻打電話去找朱律師，秘書回應：在開會。幾個小時過後，收到朱律師的電話，說是有重要的法庭批文等待依若快速來簽署。她要求上庭見法官，朱律師說：沒有必要！說是如果一日找不到答辯方，法官便幫不到她，上庭對她來說只是浪費金錢，因爲不會有結果。

她不知道自己應該怎麼辦？換律師嗎？之前的律師把她的案子白白擱置了很長時間，她才找到朱律師這裡。她的心力不濟，耐心業已消失殆盡，精神已支撐不起一宗離婚案不斷翻炒的磨耗，況且案子已接近尾聲了，她不想不斷在失望中掙扎，她希望快點結案，即使這樣，仍不能達至所願。

法律，原本用來修築聖堂，可讓她看到的是污濁

依若看了看透過玻璃門赫然映入眼簾的燙金字體：律師事務所，不由在想：裡面都是些離法律最近的人，有什麼可以懷疑的呢？她深吸了一口氣，按響了門鈴。

秘書開了門，徑直把她引進一間工作室。她需要等一會兒。房間不大，牆上有一條字幅，草書，兩個字中，她努力辨認，只認出一個「法」。室內有一個玻璃櫃，裡面陳列著一些盛滿榮譽的紀念品，還有不少的照片。沒想到朱律師還參加了那麼多的公益活動，以法律顧問的身份出席學校的剪綵儀式，以及不少高端的會議。照片中的朱律師西裝革履，無論與人握手或是站在人群中間，似笑非笑的臉上顯示出志在必得的樣子。以前每次來，依若只要往玻璃櫃中用眼光溜上幾眼，心中的疑慮便會消除，剩下的便是在律師面前言聽計從地信任和配合了。

這次來有些特別，她是來取檔的。她打電話萬般焦慮地查詢何時在報上刊登啓事，律師說法官下達的批示出了錯，把尋人啓事批示在印尼報刊上刊登了。這樣，爲登報之事一再延遲的時間又要延遲。這種延遲像沒完沒了延伸的箭頭，她不知道何時才會停下來。法官會出錯嗎？一頭霧水從律師那裡潑撒過來，依若眞有些辨不出方向，問題是這些錯誤出現了，該去找誰是問？她力所能及伸出的手臂連縛雞之力都沒有，哪來的力量去四處碰壁。

她不能不學古人對天長嘯，所不同發出的是：離婚之難，難於上青天！

她不想來這裡，真的不想，來一次耗一次神思。六年，把她的心力和財力都要耗盡了。因爲女兒情緒出現了問題，她只有選擇再來這裡。她只希望案件早點結束。這次是她六年中惟一的一次想來親眼看看法官批示的文件，還有帶上了她一直不便提出的疑問。

隨著兩下敲門聲胡助理出現了，禿了頂的頭上，在鑲嵌於天花板上的格柵燈光的映照下，泛出一層油亮。依若每次來這裡，一直是胡助理接見她，離婚事宜，也是胡助理在處理。她不由地在想，助理可以處理案件嗎？

依若身上的汗水已被室內的冷空氣蠶食乾淨，幾縷頭髮被汗水製成標本貼在前額。她抿了抿嘴，很小心地問：我今天來，重點是想當面問問：那麼多年了，我的離婚案爲什麼總是不能結束？

胡助理坐在椅子上點了點頭，臉上像擠牙膏般擠出一些日常工作中需要的笑容：因爲答辯人失蹤，你的案子處理起來需要時間。

這句話，依若聽過多遍了，以往她都會點頭表示認同，很擔心自己的任何疑慮會被對方解讀成不配合而防礙案件順利進行。

這次，她不知哪來的勇氣直話直說了：我不明白一宗離婚案爲什麼要分離婚和財產兩部分來處理？當初你們不是說先處理離婚嗎？怎麼到後來先處理財產了？不是告訴我半年就可以辦理好離婚嗎？怎麼到現在我還拿不到離婚證書？我只希望可以得到夫妻房產的一半權益，爲什麼案件處理得這麼複雜？

「結果不是由我們來決定的。」胡助理慢條斯理地回答她。

「但是你們懂得法律操作上的程式，你們是怎麼在操作的？案件處理成這樣，難道不是之前就埋下了隱患嗎？」

「在法律程式上，我經常有和你溝通，你應該知道爲什麼。」胡助理手上拿著文件，只是拿著，似乎沒有要立即交給依若的意思。

依若的目光從胡助理正在隨意翻動文件的手上，落在他手邊的一個盆栽上面，最後又回落到胡助理的臉上：法庭最近下達過一個讓我出庭的聆訊令，已經過去兩個月了，爲什麼不傳達給我？胡先生不是說經常和我溝通的嗎？是怎樣溝通的？

「我只是行政人員，在爲律師行效力。」胡助理的笑意就如廣告欄上的張貼，始終貼在他的臉上。他轉動了一下眼球，聲音仍是在一條直線上似的平穩。

「不向我傳達法庭的聆訊令，你是這樣在爲律師行效力的嗎？」依若內心的疼痛一陣緊跟一陣，迫使她緊追不放地發問。

「我是受過專業訓練的法律行政員，在按常規做事。」

畢竟是專業人士，法律條文，胡助理操作起來得心應手，回答起來更是無懈可擊。

依若深吸一口氣，感覺空氣中缺氧一樣，說：我並不懷疑胡先生受過專業訓練，所以，胡先生非常懂得如何做事可以不留下證據。如果這樣的專業知識，不用在為委託人爭取權益上，委託人深受其害也是不足以為奇，更是在所難免的。

胡助理的手指彈擊了一下桌面，臉上的笑容還在，但聲音裡透出了寒冷：你想說甚麼？

聽胡助理這麼一說，依若便無法壓抑內心的激動：胡先生應該記得，受理了我的案件的第二天，給我打來電話，說是可以把房子賣掉，律師拿走三分之一的費用，剩下的由當事人再分配，這麼說，我是可以得到房產的？

胡助理聽後，眉毛揚了揚，不疾不徐地說：我甚麼時候說過這樣的話？然後攤開雙手，聳聳肩，帶笑說：拿證據來。

「難怪胡先生當時要用電話，因為你的專業知識讓你懂得怎樣可以不留下證據，是嗎？」這句話刺激了依若，令她身上的優雅一掃而光。她咬了咬下嘴唇，直視胡助理，聲音大了起來：

「離婚案還在你們手上，房子怎麼可以賣掉？你們究竟在背後做了什麼？」

正在這時，朱律師走了進來，和胡助理相互耳語了一陣，胡助理把手上的文件交給了朱律師後出去了。

無論她如何躲如何避，都躲不開命運，躲不開法律界的黑手伸向她

朱律師一走進來，便帶進來一股冷氣。

他一身高檔的西裝外套把肥胖的身軀裹得緊緊的，手腕上的金錶閃現出灼眼的光亮，把他手錶附近的根根黑色的汗毛都映照了出來。汗毛越來越粗，毛孔慢慢在放大，一份文件被朱律師的手推向依若的眼前。那些白紙中的字體像是從毛孔中生長出來的，黑乎乎的，密密麻麻的，讓人無從看起。

依若伸出手去拿這些文件，幾頁紙張像是有千鈞重量。她的手指纖長，手骨很細。她手上握著的是對她來說諱莫如深的法律檔。她的疑問，這幾頁紙並不能爲她提供任何答案，那就是：法官怎麼會批錯文件？

她看著朱律師，繼續說著她想說的話：你們是專業人士，非常明白哪種方案對我不利。

朱律師用闊大的手掌特意拍了拍椅子，椅子被拍動了，但人沒有坐下。他一直沒有看向依若，而是看他前方走進來時的那扇門。他的一雙眼睛不善於看人，似乎和他說話的人

並不在他的眼中，又似乎是一種習慣，一種固有的不是一朝一夕養成的習慣。

她從第一次見到他就有這樣的感覺，不知道這個律師是在想自己的心事還是在認眞聽她說話。如果不是因爲陸露介紹這家律師事務所，並以教友的身份美言他們的專業和名氣，她不會去找到他們。

「我不知道你說的是什麼意思，你要知道我們是來幫助你的。」

朱律師說話時鼻音很重，如果音量加大，帶出腹部胸腔的共鳴聲，很空易讓人聽出他的不滿。他的臉像繃緊了的鼓面，沒有絲毫張力，沒有表情，無法看出他內心的活動。

「我所有合理的願望因爲走近你們全都落空，這就是你們提供的所謂幫助嗎？」

依若的眼光撲閃了幾下，緊盯著胡律師不移開，眼中漾動著淚光，口中卻輕輕地笑出聲來，這笑像是閃粉般在抖落。

這時朱律師的面孔冷漠得像是用頑石雕出來的模型，突然甩出一句：如果你不滿意可以換律師。

「現在讓我換律師？被你們浪費的這麼多的時間怎麼算？」依若努力控制自己的情緒：「還有那些費用你們會退回嗎？」

朱律師的臉色驟然間在青和灰兩種顏色中轉變，好看不到哪裡去。他抽出一隻手鬆了鬆銀色領帶，扭頭看了一眼依若又迅速掉過頭去看那扇大門，說：我這裡分分鐘都是錢，不是讓人來無理取鬧的地方。

「無理取鬧？這齣戲是誰鬧出來的？你們不是最初說要登尋人啓事嗎？爲什麼等到現在還不能見報？報紙呢？」

「本行只是代表你向法庭申請以登報方式替代送達呈請書予答辯人。」朱律師的臉上露出一絲若隱若現的笑，銀色領帶後面的喉骨在有節奏地滑動，眼睛這個時候才轉向依若：

「而不是在報上登尋人啓事。我想，是你理解上的問題。」

依若有一種被狼不動聲色狠命撕咬了一大口，卻喊不出聲的露骨的痛恨。

「當初是你告訴我以非正式的離婚方式離婚，以後還可以去爭取房產，對嗎？」

「本人沒有這樣的記憶。我想，是你記錯了。」朱律師搖晃著他的座椅，座椅碰在桌角上，把那盆栽中的植物葉片碰得搖晃起來。說完，他的臉上現出了笑容，那笑意在他的嘴角上晃動。

「字，你簽了，證據在，話，你說我說了，拿證據來，證據呢？」

記錯了？許多的話，她眼前的這個執法者怎麼反過來倒過去說都可以說得天衣無縫？

她下意識地用雙眼環顧了一下周圍，沒錯，這裡是律師事務所，它開設在一座大廈的四樓，這座大廈座落在這座城市的黃金地段甚至帶有地標性的建築物中。她曾經懷揣著離婚文件小心翼翼卻滿懷希望地走向它。對她來說，法律一直是一個閃光的名詞，在她遭遇到人生的苦難時，她首先想到的是用法律保護自己並爭取自己應有的權利。如今，擺在眼前的事實不斷讓她想問：花錢走進律師，難道是來買一場災難嗎？對她來說投訴無人應和投訴無門的概念一樣，她感到這個社會所有救命的門窗都爲她關上了，等待她的就是有人要她倒在法律面前了。

「我現在很想送一個很好聽的稱號給你，和你的所做所爲很搭配，想聽嗎？」依若帶著笑，聲音挑逗性地忽高忽低，眼睛卻直視著朱律師那張永遠熨也熨不平的種滿粗大的毛孔的臉，想看清他的眞面目。她想自己若能具備雄性的力量該有多好，如今能夠做的便是慢慢靠近那張臉，說出的一字一句像噴出的火苗一樣：衣冠禽獸！

她看到朱律師的臉扭曲起來，和她在小巴上見到的行兇人的那張臉重合在一起，變成同一個令人感到可怖的影像。只見他抓起桌上的茶杯，那手像她在小巴上看到的闊大的手，但沒有放下來，而是把一杯熱水連著茶杯，狠狠向她連潑帶砸過來。

依若躲閃不及，下巴，頸部被水燙紅了一片，被裂開的碎瓷割出一片血跡。疼痛漫佈全身。她好像看見，她和女兒站在懸崖邊上，一雙黑乎乎的手正伸向她們。

她顫抖著手摸向桌邊，她的手指長，能夠抓住甚至抓穩抓牢那帶刺的盆栽。她遺憾自己不具備十八般武藝的技能，可以做的便是使出全身的力氣使每根手指都長出力量，把盆栽抓起並舉起來，朝著那張熨不平的蠟黃色的面孔使勁砸過去。

她感覺自己像是在揮舞著一把閃著亮光的尖刀，舉起，然後奮力地砍下去，把一隻狼劈得鮮血四濺。

她聽到狼發出慘烈的嗥叫聲。一片血色在眼前化開，愈化愈濃。她看見朱律師蜷曲著身體，倒在地上鮮血披面。

她轉身衝出一道又一道房門，在一眾人詫異的目光中發瘋似地跑出房門，又一口氣跑下四層樓梯，跑出大廈，再在街上奔跑……

這個世上有些人心狠毒辣，卻道貌岸然地生存於世，不能不讓你去恨

「惡夢……我打……人了……」依若見到明誠，情緒便有些不受控地全身顫抖起來。

明誠雙手抓住依若震顫的雙手，安慰她：冷靜，冷靜，是惡夢，沒事。

這段時間，現實和夢幻交替出現折磨著依若，她不知道在痛中夢著好，還是在醒來痛著好。

「你沒有打人，你冷靜一下，你剛才都說了，是惡夢。」明誠擁著她，一邊用紙巾撩開她額前濕浸浸的髮絲，一邊把她帶進他們以前幾回聞敍過的地方——地鐵站附近的一間冰室。這是午餐時間，冰室內坐了不少人。

在靠窗的一個位置，她和他相對而坐。她把頭埋得很深，頰邊的頭髮遮住了大半張臉。這段時間她一直是這樣，流淚時有頭髮遮面，旁人不容易看到。

明誠把一杯熱咖啡遞給她，看著她細啜，一直等她平靜下來，他才掏出一張便條遞給她看，上面寫著：茅山師傅。明早十一時。

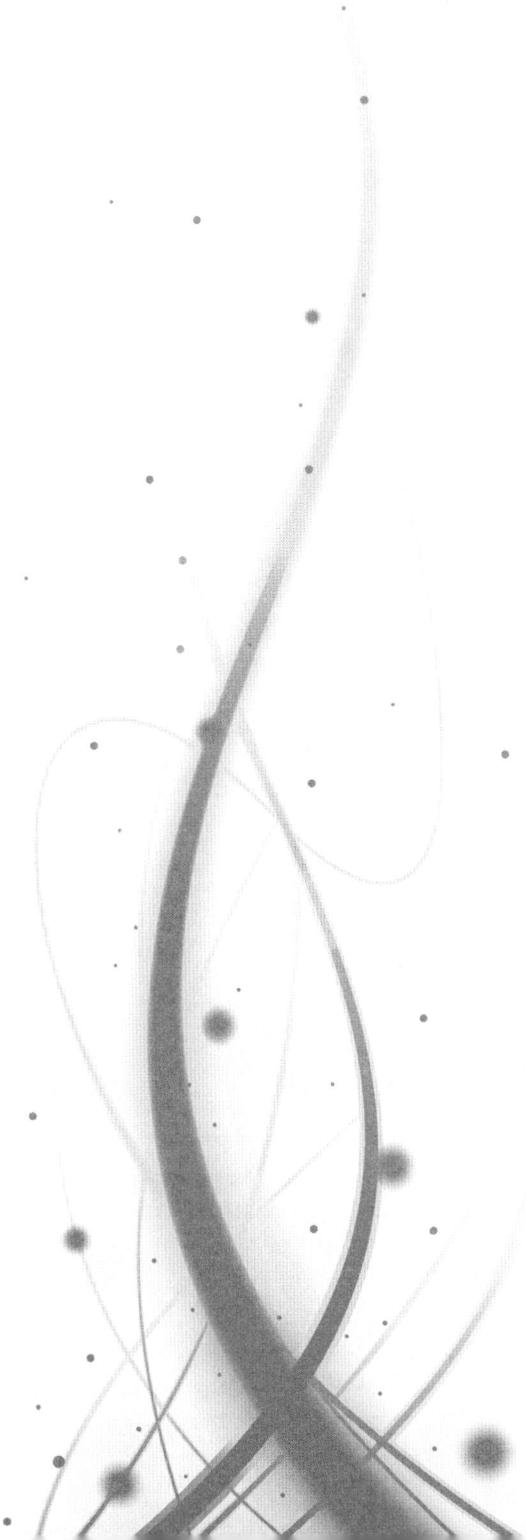

第四章　紅塵幽谷

曲盡茶留盞底香，
浮思過往話尋常。
四時難繞孤星冷，
禪意風中悟兩行。

——〈禪意〉

祈盼天有邊地有界水有際，祈求春可觸冬可撫願可及，只因來如影去無蹤，只因生有限活有時，只因命難渡運難握

她的明誠。

這是上午十點後，在西北區的一個地鐵站，一出閘，依若就看到站在恆生櫃員機前等快到知天命的年齡，還有一頭濃密的頭髮，無疑是中年男士的金字招牌。就因爲依若說過喜歡看他穿帶條紋的衣服，這次見面，他穿的是藍色條紋恤衫。他戴著精緻的法瑯眼鏡，還保持了令不少女人咂舌的筆挺身型，若伴隨燦然一笑，緊跟著精神一抖擻，一揮而就的清爽學者氣質，讓他很容易在人群中被認出來。他是中途請了假來陪她的，手上還提著一個黑色的公事包。

這段時間，他的幫助，依若心有所領。倆人已經五年沒見面了，間中只有過數次短訊往來，最近她找他幫忙才又有了見面的機會。他讓她知道上帝造伊甸園不是沒有道理的，關鍵時刻，一對臂膀比獨臂運行強而有力。

倆人是在一場職業考試中以同爲監考老師的身份認識的，天文地理可以相互交流得天地暢通無阻。他在台灣讀過書，而她喜歡台灣文化。他很認同她說過的一段話：假如沒有台灣文學，沒有港臺電影、明星和音樂，上個世紀後半葉的華人文化在哪裡？用甚麼去承繼失落了的中華文化？他們曾經約好找一個時間同去台灣旅遊，但一直沒有機會成行。那時，倆人都正陷入家庭冷戰的處境中，彼此都知道同床異夢的婚姻苦不堪言，當相互之間心靈一有了感應，便熱火乾柴般地決定要走到一起。

他曾經想快刀斬亂痲，擺明心跡要和她在一起，最終敵不過家中太太的尋死覓活而輸回到「家」的城堡中，離婚的決心形同用泥土築成的堡壘般很快土崩瓦解，與其說是責任心在起作用，不如說凡事他都善於考慮周全。在他眼中，活著，順應天意比逆水行舟少擔風險。在生活中過份抗爭的人，到頭來大都會在現實中被撞得頭破血流。他缺乏依若義無反顧的決心，理性帶給他的好處就是生活得平穩。同床異夢，若培養出了適應能力，也就習以爲常了。如果不在乎心理反應，一件衣服反著穿，也過得去。

他喜歡看她說完話抿嘴淺笑的樣子，優雅而有韻味。他們曾經一起挽手，一起在午後的天橋上散步。她以心理學家的口吻排解過他工作中的煩憂。她說過，文學就是宗教。和她一起，他的心總是被她的言辭或神態激蕩著。而如今，他聽她說看不進任何的文字，字字錐心，再看到她像一隻在山野中受傷後離群的羚羊，原本熠熠樣樣的神采三兩下已被突如其來的災難劫持得蕩然無存。她急需來自任何救助的溫暖。

「女兒的生辰八字帶來了嗎？」一見面他就問。

他知道現在任何一件她想做的事，都可能成爲她的救生繩，任何多餘的說話對她都是一種折磨。見她點頭，於是簡扼說了幾句：

「好，我都安排好了，跟我來。」

他看她的眼神仍是遊弋著沒有了斷的情意。他們認識後一起郊遊，山路上撒滿了她的歡聲笑語。她的笑聲在他面前甚至有些浪，蕩得他心旌飄搖。只要她在，他會忘記年齡，思維毫無禁忌。然而這段時間，每次見到她，都是茫然無助的樣子。她像是落了水被人施救後奄奄一息般，被彩色底片盜光了身上所有的色彩。

坐了幾站小巴後，她隨他下了車，還有一段路需要走。她說：現在思緒很混亂，善忘，關鍵處請多提醒。他點點頭，說：現在別想太多，一件一件地做你要做的事。他知道生活把她纏得太緊，根本沒有餘裕想得仔細。

她曾經收過他太太的電話，她一直沒有告訴他，因爲她不知該如何轉述，他在他的太太心目中就是反義詞堆砌而成的形象。在對方的哭訴中，她放下了電話，內心矛盾叢生。每個女人都有拴住男人的方法吧，依若不知道這種又哭又鬧、尋死覓活的方法是否算一種本事。在感情方面，她不主張輕易放棄，但強奪不是她優雅得體的屬性，那像是學箸夾著別人碗中自己覺得合口的美食，嘗，不得；得，難嘗。她曾一度在等待明誠離婚的消息，不安中夾雜著一點幻覺，想知道他嘴裡的決心帶來的結果。五天後，她接到他發來的短訊，告訴她，他正陪太太去泰國散心，一兩個星期不方便聯繫。

依若覺得自己好像在命運安排好了的格局中走，嘗過了這種忽甜忽酸強烈對比出的滋味後，只好認命走到哪裡算哪裡。還能怎麼樣呢？許多時候，面對生活，不是自己想怎樣，而是又能怎樣？好在倆人不冒進演繹這段感情，懂得適可而止。理智讓他們對倆人的關係及時做了冷處理。

閉眼三千繁華，醒來十里狼煙，這就是她所經歷的情感世界。

失去女兒的心痛，好像是遭遇到攔腰一刀

走近一片幽靜處，依若抬起頭來環顧四周，清淨而帶些神秘。她想來這樣的地方。內心越脆弱越想抓到一些看不見的東西，這種東西可以爲她帶來慰藉，支撐她奄奄一息的生命。她相信另一個自己看不見的世界存在，她想和韻兒對話。

「這是你說過的道教寺廟嗎？」

「是，聽說這位茅山師傅很行的，法事會在寺廟內進行。需要排隊，所以等到今天。馬上可以看到師傅了。」

一條整潔彎曲的小徑，道路兩旁，草木青蔥。

爬上一個水泥鋪成的小坡，明誠指了指左手邊：那排綠樹前面就是了。

那是一座舊式的廟宇建築，裡面綠樹成蔭。

在她通過文字和視頻的印象中，這樣的地方應是香火繚繞，寧靜得能聽見鳥語蟬鳴，居於此中的人大凡光影照人，一律都是布衣青衫。

入口處一間簡陋的小棚裡，一張方桌，一張椅，幾張矮凳，物明几淨。有一位六、七十歲的老太太接待了他們。

老太太雙頰有些鬆弛，但面帶慈祥。她熱心地招呼他們入座，說：我女兒跟我說過你們要來，她早上外出辦事。我剛和她通過電話，很快就回來。

老太邊斟茶邊問：發生了什麼事情？

明誠看著依若，用眼神鼓勵她說話。

她正用腳蹭著水泥地面上殘留的一些白石灰。有些話她很不想說，因爲要牽動渾身的神經。她嘸了嘸口水，輕輕地說：我的女兒……離開了。

「是病魔帶走的嗎？」

「是……不是……」

老太太斟茶的水壺停在了空中，眼睛朝向她，搖了搖頭，重重地一聲嘆息：爲什麼不早點來這裡？爲什麼要等事情發生後才求救？我常對和你一樣來這裡的人士講，之前的時候，你們幹什麼去了？唉！

老太太示意明誠取茶水。

明誠伸手取了一杯遞給她，然後自已端了一杯茶在手上。

老太太語音拖長了起來：人生中的苦，好多都是自己找的。

她靜靜地聆聽，老太太的每一句說話都像是一劑藥。

「人啦，如果沒有代價，有的道理悟不透。」

她看著老太太把茶壺放在桌上，眼光平靜地又向她投過來。

明誠向門外望瞭望，用手拍了拍依若：來了。

依若起身，側頭看到從不遠處的門口走來一位素衣飄逸的中年女子。她身材高挑，一頭青絲輕束在腦後，走路不急不緩。

依若隨明誠告辭老太太，疾步迎上去。

「這就是道長。」明誠也向那女子簡單介紹了依若。

女子秀目盈清，看了看依若，點頭示意，語氣溫和地說：跟我來吧！

明誠牽起依若冰涼的手，肩並肩跟在後面。三人通過一個圓形拱門，走過一片枝青葉垂的小竹林，來到廟裡。

依若抬頭看了看廟內，裡面神像高聳，香火鼎盛，四圍彌漫著一種肅穆的氣氛。她有些拘謹，很快低著頭，眼光囿於數尺內，圍著那女子的動作在轉，看著那女子取香，點香，插香。

道長點好了香，然後說：請把先人的名字和出生日期寫給我，舊曆的。

明誠連忙幫依若遞了上去。

道長看後，把它放在香火前，然後雙睛微閉，手上搖動著道具，嘴裡唸唸有詞。

稍後，她轉過頭，聲音青雲般飄來：

「我看見韻兒了。」

依若傾耳注目，屏息諦聽，緊張地抓緊了明誠伸過來的雙手，等待著韻兒的出現。

「聽韻兒在說話。」明誠提醒她。

煙火繚繞中，韻兒的聲音從很遠的空曠處飄了過來：

「媽咪，我知道你想念我……」

「我女兒在說話？」她像是來到另一個世界。

「聽，聽。」明誠緊握她因激動而顫動著的手。

「媽咪，我不怪你，你不要難過……媽咪，我希望你快樂……」

依若的淚水一串串掛滿了雙頰，她努力抑泣不放悲聲，但仍裂心撕肺般地哭成了淚人，手上的紙巾已全部濕透。明誠也在用紙巾擦眼淚。

道長的嘴唇輕啓輕合，仍在唸唸有詞。

依若感到韻兒在不遠處注視著她，向著她抿嘴徽笑。韻兒在示意，要她不要哭。

明誠用手肘碰碰依若，讓她看輸入了韻兒生辰八字後手機上呈現的一個字：兇。

她緊閉著雙眼，害怕看周圍的一切。原本不信命的她，已被命格，命符，命數這樣的概念、數碼和符號所包圍和纏繞。她想起韻兒出事的前幾日，她連續兩晚在夢中突然間醒來喊著韻兒的名字。那時候，韻兒還在，韻兒「嗯」了一聲，才讓她又放心睡下。這是不是已經是一種預感？爲什麼當時未引起她的重視？

命在手，運難握。她想不到自己千迴百轉，殫精竭慮，搭出的原來是海市蜃樓般的一片幻景。不幸，只需一瞬間便可把她內心美好的世界搗毀得破碎不堪。她即使再堅強，也承受不起失去女兒的重擊。

在面對人生中的巨大裂口，首先是要努力活過來，再說活下去

出了廟宇，依若走路的腳步似乎輕鬆了一些，問明誠：你覺得靈嗎？

明誠說：我的朋友說靈。信，則靈。

「我女兒在幫我承受生命中的災難。」

「不要總是自責，不是每個人都是處理問題的高手。」

「是我害了我的女兒，我不該帶她出來。」

「一念放下，萬般從容。要放過自己。你是人，在生活的困苦中有自己的侷限。」

「心債難償。」她鬱鬱地說。

「外力因素，是你無法抗拒的，冥冥之中的一些事，不是你能左右。不要過分自責了，人力如何跟命運拚？」

他望向遠處的一排樹木凝思了一會兒，把寫好的詩句通過 WhatsApp 發送給她。

人生正道是無情，
若是有情苦自傾。
莫道早知原可救，
萬事有緣法自呈。

她看了看，默默續行。

「表格，帶來了嗎？」突然間她像是想到了什麼，停下了腳步問。

明誠點點頭，從公事包裡取出幾頁裝訂好的複印件，說：我正想交給你。裡面有幾個郵址，你都可以試試。

她接過明誠手裡的文件，眼中閃現出的幾絲光亮，讓人感到在她身上還有生命的跡象。她逐字逐句看了一頁紙後說：我知道該怎麼做了，其他，你不用管了。

「你一定要投訴嗎？」他小心地問。

「對，這是我活下去的理由。」她聲小，但口吻很堅決。

他雖然在高校任教，只可惜教的不是法律，隔行如隔山，對於法律上的操作程式，不知其然也不知其所以然。對於依若的離婚案爲何處理得那麼久，他也感到十分蹊蹺，曾一度懷疑依若是否哪裡沒有配合到律師的工作。依若解釋說：如果不配合律師這不是在害自己嗎？

「我幫你打聽過，告律師很難。你自己的煩心事還不夠多嗎？」

他想說你之前的投訴都不被受理，再投訴可能會一樣，但不想勾起她傷痛的回憶，他小心翼翼把握著說話時的用詞。他擔心她去投訴時又會撞在堅壁上，原本昏天暗地的精神狀況怎麼承受得起。

「投訴無門也要去撞！」

她把下唇咬出了齒印，說：可能有人會說我太不小心了，其實我換了律師了，卻又一而再地在面對執法者帶來的黑暗。

她放緩腳步，聲帶因疲憊而有些生澀：一定要投訴！我和我女兒在爲下一個受害人擋無形的子彈。這是義舉，知道嗎？放過他們，只能讓這個社會再出現和我們一樣的受害人。

他靜靜地看著她，看著一個曾經那麼溫潤如詩的女人，如今卻被命運之手推出了幸福的行列，被生活中的狂暴洗劫得憔悴不堪，難免心生憐惜。他拉住她的手，搖了搖，好似想搖醒她一樣，說：你現在心理的傷口都沒有處理好，不要到時又撕裂出更大的傷口。

「大凡涉及到法律，沒人和你講理，講的是證據。他們深黯法律條文，你怎麼告得倒他們？你有證據嗎？」

「我的女兒離開前幾天告訴我，通過查證，離婚期間房子竟然被售出了……」她停下腳步，捏了捏手上有著韻兒照片的鑰匙扣，瞇著眼睛像是在回憶：「原本是想早點有一個固定的住處，省下租金可以幫助我的女兒求學用……」

「一定要求一次法律的公正，用命！」

她深陷在自己的悲情中，眼睛紅紅的，好像是哭紅的，又好像是被怒火燒紅的。她說：律師最初給我的許諾沒有一樣兌現。

她比誰都知道，如果要投訴，不只是和一名律師交手，案件涉及多人在處理，還要在漫長的六年官司中去追溯細節。她必須要讓一顆心像磨盤一樣堅固耐磨，還需像頑石一樣千擊不毀，才有力量去承受投訴過程中所帶來的強烈衝擊。

她一直相信邪不壓正。她曾經獨自一人阻止過黑社會的暴力。那是在一輛開往郊野的小巴上，有乘客口角起紛爭。有人通過電話呼朋喚友。途中上來三個虎彪大漢，用鐵器對準前排一名乘客行兇。一車乘客噤若寒蟬。坐在前排進門位置上的她正摟著熟睡中的韻兒，第一反應便是伸出一隻手去拉扯其中一個背向著她的行兇者的衣襟：不要打了！她越拉越用勁。那人行動受到牽扯而頓生惱怒，猛地一個轉身，行兇時扭曲出的猙獰面孔突現在她眼前。那人看了看她，又看了看她臂彎中的韻兒，懸空的握著鐵器的手猛地往上揮動了一下，數秒鐘後，最終放了下來，然後招呼同夥一起下車，騎著摩托車逃去。

她能夠阻止黑社會犯罪，卻無法阻止法律界的黑手伸向自己。毀滅性的災難催生出了她渾身百般的勇氣，在命運拉開的格鬥場上，纖纖一名女子被逼成了無畏無懼的鬥士。

明誠扶了扶眼鏡，沈吟了一下說：每個行業都有害群之馬。他看著眼前這個掉入無邊哀痛中的女人，不由深呼了一口氣，說：過兩年我兒子從澳洲留學回來，可以照顧他的母親了，我到時會搬出來住。

「等我。」

他想看到依若眼中燃起的希望之光，以前他看到過，這樣的亮光可以即刻從她臉上映現出來。

明誠湊近的氣息變成一股潮濕的氣流直撲依若的面孔，可是撩不動她作爲一個女人應有的一絲酥軟的意趣。她本能地讓身體後退，低頭阻擋可以衝擊內心的東西。再抬起頭來時，面孔依舊冷得像塊冰雕。

「請給我時間，相信我的內心有一天會回暖。我會活過來。」

她像一隻驚弓之鳥，不知道命運又在什麼地方的拐角處埋下伏筆，她，再也經不起任何事故的迎頭一擊。她需要恢復對生命正常的感知能力，現在不是談感情的時候。

明誠牽起她的一隻手。她的手指柔軟，細長，但總是冰涼。他最初看到她便想到水，水一樣柔情，水一樣碧波蕩漾，如今發現她堅韌如竹。他輕撫她的手，從手背撫到手心，恨不能把情意都揉進去。

她輕輕抽回了手，激情始終沒有燃燒起來。

在這份不堪的承受中，她每天氣若遊絲般存活，在生存的冰窖中掙扎。她曾用心去親吻這個世界，但她的快樂世界卻被邪惡之手搗碎了。如今，她的天空塌下來了，即使用女媧補天之技也難以重新撐出一片藍天，這巨大的生命重塑工程，或許要等來世或是要用脫胎換骨來完成。

她覺得自己說每一句話都要用力。失去了女兒，有一種把生命連根拔起的感覺。

「是很難熬的，時間是最好的修復藥。」明誠安慰她。

她眸中的絕望似乎蒸乾了淚水，只有身體在臨風輕顫。在大難面前，心在搖晃，她聽不進任何大道理。

「想平復過來，需了悟懺意。」

「我不能更多地幫你。」

「和我站在一起，就是最好的幫助。」

依若看了看明誠，若有所思。她在手機上寫下一首詩，發送給明誠：

花開花謝花已落，
夢醉夢醒夢成空。
世事無奈穿心過，

浮萍隨雨亦隨風。

如果法律讓人看到的是黑暗，哪裡還有光明

夜晚，斜雨叩窗。

這天是中秋節，沒有圓月。

窗前，淡綠色的窗簾在輕輕飄動。

窗臺上，擺放著韻兒的一張八年前的照片。韻兒梳著披肩秀髮，身著淡紫藍的連衣裙，衣襟上繡著兩朵粉荷花，明眸秀目，淺笑輕漾，一朵粉粉嫩嫩的水中蓮的模樣。

她鋪開紙筆，望著窗臺上韻兒的照片，一遍遍細聲呼喚著韻兒的小名，一行行清淚如同雨下。

六年來，她和韻兒每天都在黑洞裏穿梭，每天都在盼望案子早點結束，而律師一次又一次「快結束了」的人爲哄騙把她和韻兒的耐心和希望都消蝕殆盡。

她嘗試過白等了兩年案件原封不動地未展開的焦慮；還嘗試過法庭下達的十幾個聆訊令律師都不予以傳達的無奈；也嘗試過不斷宣讀誓章卻無下文的迷惑；更嘗試過律師不守信用，承諾如廢紙一張的憤怒。

她需要讓傷痛的石磨再一次輾過淌血的記憶，去觸碰一些已成為她生命中大痛或大忌的詞彙：法律，律師……

聽著雨聲，她知道，這是一個闔家團圓的日子，而她，從此，沒有了中秋。

一個個的文字在她的筆尖蘸著淚水顫動著出現：

我想站在法庭上大喊——

還我的女兒……

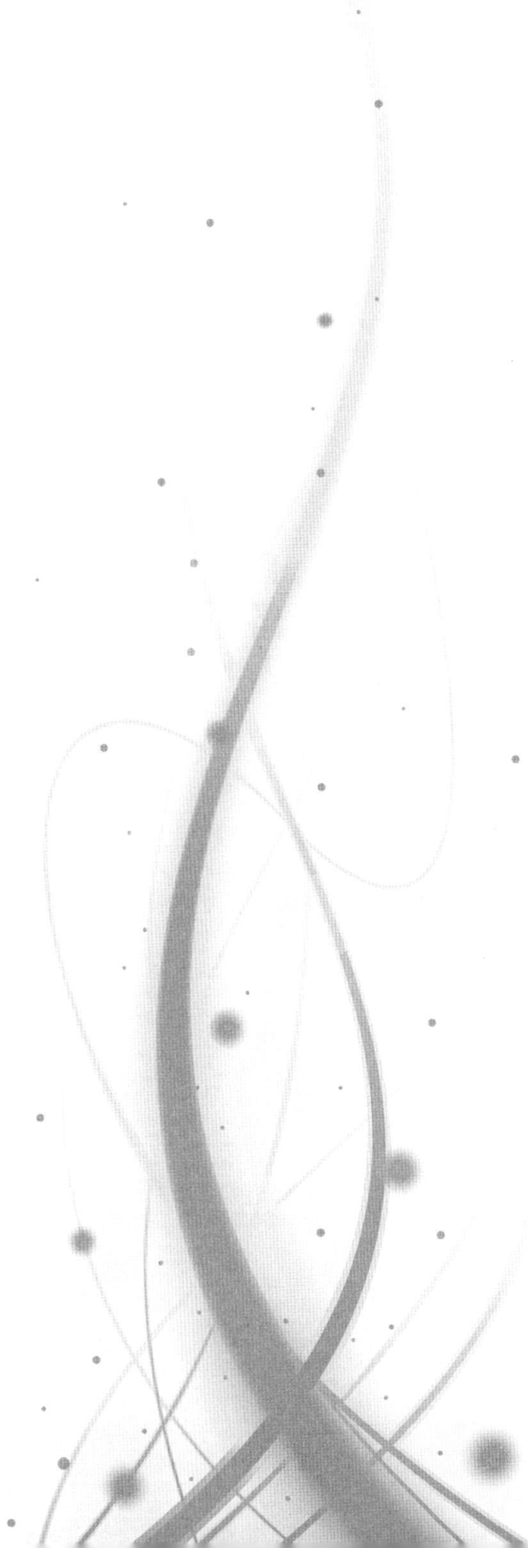

第五章　同路人

蟬鳴秋野起蒼涼，
藤繞蘿纏徑路長。
無力花前說舊事，
枝飄一瓣已牽腸。

——〈秋〉

怎麼一轉眼，就沒有了中秋月圓，就不見了花開萬盞；怎麼一轉身，就是千里雲煙，就是萬重關山，就是永遠不再相見

這是一個谷底，透著幾絲蒙著霧氣的天光，四壁爬滿了墨綠色的浸著山水的青苔。

一雙修長的蒼白的手臂張開著十指，在濕滑的石壁上摸索著，觸及一片垂壁而下的枝蔓，猛地一把抓緊了它。一個身體懸空的女人在奮力蹬著腿，想爬出幽谷。女人頭髮凌亂，嘗試著想踩在一塊凸顯出來的山石上。洞口閃現一雙迸射出綠光的眼睛，似狼眼，但比狼眼大，比狼眼更具兇殘相。女人想叫，但叫不出聲來，兩手一鬆，雙腳踩空……

就這麼依若又伴著惡夢醒來。她發現自己身上遍佈著淚腺，輕輕一碰便會淚流滿面。

今天上午十點，她要去見同路人。

她起身望向窗外，正是清晨，天上的雨意似乎還未收盡，海天墨色氤氳一片。海面上的船隻，你來我往按照既有的航道運行。無論狂風雷暴如何在吞噬她的一切，世上依舊我行我素，熙熙攘攘。

每天，她都在生和死的邊緣拉鋸。面對生命中的大裂口，她感到空前的茫然和無助。當活著比死亡更辛苦的時候，她才知道，如果不努力自救，誰也救不了自己。

已經數月過去，仍需要處理自己內心的傷口。

那是一種掉下去又掙扎著爬起來，爬起來又掉進幽谷的感覺。如果說最初幾個月是在麻木恍惚中似幻似真地度日，如今麻醉藥效過後，正是疼痛漫遍全身浸入骨髓的時候，全身每個可感可觸的地方都鋪天蓋地塡滿了無助和絕望。她的整個精神在呈下滑狀態，用自己所學的那些知識似乎架不起一座可以令她通往生路的橋樑。

或許潛意識中生存的意念還沒有在悲痛的籠子裡被蒸發乾淨，不然她不會去尋找可以讓心止痛的地方，

最初苦痛難遣時，依若取出在咖啡店遇到的那位叫南希的女士給的電話號碼，像是抓住一根救命草一樣，撥響了電話，但又快速掛斷了。黑暗拽住她，使她開始懷疑生活中出現的一切。她變得害怕與人打交道，害怕再來一個不小心和人面獸心對峙。疑慮似一道無形的柵欄，把她和世界隔開。

不知又過了多少天，她打通了這個電話。她腦海中的意念在爲她的行爲提供某種暗示，使她爲了一個理由還要活下去。

接電話的社工自稱是林姑娘，說：這裡是「珍惜生命」熱線。通過對話，林姑娘鼓勵她來中心看看。林姑娘安慰她：哀傷的道路眞的很長，中間有著不停的起起跌跌，都很正常，需要靠著一點一點的時間，以及多方面的能量帶給你的支持，才能讓你把這段路走得好過一些。她從林姑娘那裡瞭解到這座城市每天都有失去至親的人們的悲啼。林姑娘送了

一本書給她，她粗略翻閱了一兩頁，就被書裡面思親的文字吸引住了。痛在痛中療救。好長時間她的心成爲一切事物的絕緣體，聽不進音樂，看不進文字。在她眼中，世界在她的悲情中已蛻變成一部荒誕小說，黑白變異，山河錯位，到處都籠罩著黑暗。是林姑娘送的書令她恢復了看文字的功能。以後，她一次不漏地聽從社工的安排，去參加「我們同路」小組的分享會。

這是一個有著生命救助計劃的社會機構，竭盡人文關懷。中心設置在一個屋苑的一座大廈的樓下，要連進兩道門才能走入活動間。房小，走進去的人容易聚坐一起。

來到這裡，依若才知道自己有了新的身份——遺族，這更像是一個苦難的符咒，落在誰的身上，都是一世的心靈淪陷。來這裡的人們，都希望借助集體的哭訴，把壓縮在生命裏的絕望可以一點又一點地釋放出來。

大家都需要心靈的過渡。渡，是求生，是走出心靈的苦難，是生命於苦痛中本能的掙扎。

一推門進來，依若就看見了坐在前面位置上的林姑娘，她時時展示的親和力，讓人走進這間小屋就能夠感受到溫暖。

室內已坐了十幾個人。依若的雙眼聚起了一線光又迅速在每個人的臉上消散。個個臉上愁雲慘淡，任何一個有關親情的話題都可隨時令在場的人士淚水泛濫成災，大家生命的鮮活勁似乎都被不幸吸光了。

林姑娘正在和一位女士細語交談。那是一張熟悉的面孔，可是依若一時想不起她是誰，這段時間，她尤其善忘。

走上前時，那女士轉身抬起頭，和她打招呼。等她再轉頭和那女士正面迎對，她認出了南希。

室內正中央有一面大的白板，通過顯示器顯示出一行文字：宗教分享系列。

林姑娘在作介紹，說：大家認識一下，這是南希，在我們這裡做義工。南希接觸佛教十五年了，今天我們請她來爲大家講解佛法中的超渡，如何用佛法幫助我們渡過生命中的難關。

南希在向她招手，依若坐了過去。南希問她最近怎樣？依若無力地搖著頭，無不苦澀地說：沒有什麼起色。南希安慰說：需要時間。

「你們認識？」林姑娘問。倆人一起點頭。南希拍了拍依若的手背，說：認識是一種緣份。

依若發現室內多了兩張新面孔。

林姑娘依次介紹：這是洪太，這是阿信……

阿信？因爲名字似曾聽過的原因，依若留意了一下就坐在自己旁邊的那個叫阿信的女子，人很瘦。來這裡的人幾乎每個人都淚眼婆娑，而阿信一臉的剛毅，只是頭髮看上去很凌亂。

依若聯想到自己的形象也好不到那裡，現在即使抹一點口紅都好似在粉飾自己的淒苦心境，有一種負罪感。惡劣的心情已經把她的生命活剝成一根隨時都可能折斷的蘆葦。依若知道大家的心情都扣在自責、內疚、甚至負罪的緊箍咒裡，痛不欲生的感受，一遍遍狼吞虎嚥著這些遺族生存的信念。

人生原本是一場又一場的送別，最難接受的是至親猝然間的永離，回首轉身，聲聲都是來不及

依若對南希說：心痛的感覺說來就來，這樣的傷痛，可以碾碎身上的每一根筋骨。南希的手用力握了依若一下，說：都是一樣的。依若不語，只是握住了南希伸來的手。

依若感慨於自己遲遲到現在才知道，在這座城市歡笑聲不絕於耳的背後，還生存著這樣一群人——被生命中的悲痛撞沉了意志仍在努力掙扎著活下去的人們，他們長期生活在臨景難怡情，未語先淚流的痛失中。如今，依若和他們聚在一起睹物思人，一起互解內心的鬱結，一起相互精神救援。

依若艱難地啓唇也說自己的故事，每一個情節的鋪展，都會牽扯出一連串錐心刺骨的疼痛。她的腦海中塡滿了韻兒在放學路上，在公園的石徑人蹦蹦跳跳的身影。她的腦海中大都是韻兒小時候的記憶，因爲那個時候，她陪伴韻兒在一起的時間最多。

在林姑娘的介紹下，依若知道了坐在自己斜對面的一位先生叫阿智，他身著一件已經洗得發白的藍色運動衫。這是一位看上去眉宇開闊的先生，坐在斜射過來的燈照的位置，燈光越過他的頭頂，從他身體的兩側散發出來。阿智說：在毫無徵兆中失去了愛妻。他拉了拉穿在身上顯得很寬鬆的衣服，說：這是太太買的，那時穿很合適……他沒有說下去，但依若明白他要表達的意思。阿智又說：以前有很多計劃，買樓啊，換新車呀，現在，什麼計劃都不想了。

坐在林姑娘旁邊的中年男子叫David，他的旁邊坐著的女人是他的太太，因爲喪子精神受了刺激，需要接受藥物治療。看到她一會兒哭一會兒喃喃自語的樣子，無不令人唏噓。David展示出了幾張圖片，這是他做設計師的兒子留下的作品。那是室內裝潢設計圖，色彩，材料，圖案，有許多超現代的設計元素，夢幻組合。David說：家中所有的物件還是他的兒子在時的擺設，他總覺得自己的兒子還在人間，現在只是出去旅遊了，他和太太每天都在等待兒子回來。說完，他取出紙巾幫他身邊的女人擦眼淚。女人一頭栗色的卷髮蓋住了她大半張臉，雙肩在抽泣中微微顫動。

看到這一幕，依若連表示感嘆的力氣都沒有了。但凡來到這裡的人們，人生都被打入了另冊，痛也到了極限，再痛，已觸碰不到神經。她不明白悲苦爲什麼會專揪住一些人不放手，如果用惡業果報來解釋，來這裡的人個個都是善良的人呀，以及他們敍述的故事中的孩子個個陽光可人。這前生的罪孽是從何開始的？是怎麼累積的？爲何要大家用今生萬劫不復的悲苦去面對和償還！

這時，阿信在訴說。她斷斷續續地憶述著發生在三個星期前的不幸：就遲了一步，一步……我沒有抓住，沒有抓住……女兒呀，那麼乖，就不在了……朋友也安慰我，說是可以轉世投胎……也有人說有天堂，可是，就算我的女兒活在另外一個世界又有什麼用呢，她不在我的身邊呀……

阿信在不流淚地訴說，依若聽著卻流下眼淚，沒有什麼比「女兒」這個詞彙能夠帶來更深的情意。

痛，漫無邊際。依若展現了咖啡杯底下看到的韻兒的字條。

「我們肉眼看不見的世界並不是不存在。」

「有六維空間。」

「聽說有通靈的人，是嗎？」

「有朋友介紹我去找靈婆，說是南山區有這樣的奇人，可以看到我們常人看不到的另一個世界的東西。」

「我見過……」

大家七嘴八舌，越說越玄乎。

林姑娘看了看字條，平靜地說：大家都有各種想法，只要這些想法能夠幫助大家寄託哀思，或是減輕內心的苦痛都是可取的。有些過來人告訴我，他們夢見過親人和他們對話，解釋自己爲什麼要離去。在時間上，可能要七、八年以後才會出現這樣的夢境。

大家聽得入了神。

活動的最後一個環節，由南希講佛法。南希一邊把一份自己精心編寫的材料分發給大家，一邊說：佛學可以爲大家帶來啓示，心靜方得安寧，我們需要用智慧來幫助生命止痛。又說：所謂佛渡，其實是衆生按照佛教的指示自救，自悟，自渡。

接著，她開始逐題講解。講到第六個環節時，螢幕上顯示出一行文字：

萬緣放下，了無牽掛

「在佛家經義中，在修行中心態很重要，講究心神寧靜。」南希的聲音如爽人的風聲徐徐吹來，大家屏息靜氣地聽著。這個時候的一句有力的話，一個慧心的詞，都可能成爲幫助大家爬出悲傷幽谷中的藤蔓。

依若遊移不定的目光被牆壁上的一幅圖文並茂的字畫吸引住了。這是一位自稱活在道理中的漫畫家的作品，畫面上，在一個不規則的圓圈中有用暈黃的水墨浸潤出來的半輪月。畫家極具個性的題字清晰可見：

月有盈和虧
看似缺與全
用心去觀照
彎月本是圓

依若的目光滯留在最後一句「彎月本是圓」上，歲月彷彿在時空中滑翔。她看見有一條石徑，從那幅畫中延伸而出，曲折蜿蜒，通向一座公園，那裡一片茵茵綠草掩映著的木椅前，韻兒對著她舉起了相機，說：媽咪，笑一個，笑起來才好看。

想到這裡，依若再一次用手指輕輕拂去兩行滑在頰邊的淚滴。

在每天的行色匆匆之中，總想著我們的身體需要有一個富麗堂皇的寄放處，都常常忘記我們的心靈更需要一個燈火通明的家

活動結束後，南希送依若去地鐵站，途中，聽依若說自己的境遇。

聽後，南希說：這種生命的創口很大，捱過來已相當不容易，你還要去告律師，這麼大的負重，你的內心如何承受得了？

「修行不只在禪堂之中梵刹之內，一個人若能靜，即使身處紅塵鬧市，也能自在安祥。」

「有些人陰險毒辣，用看不見的屠刀殺戮成性，謀財爲業，也不見其立地成佛。今後，我惟有祈天求地，望天地靈通，渡人渡己。」

「無語之時方爲靜，無爭之時方能安。」

「人間多少事，隨雨隨風難隨心。」

倆人你一言我一語各說各話。南希取出手機，給依若看儲存在文件夾中的文字，還讀了幾句給依若聽。依若聽出了：我對你的無限思念，你無法知道……

看著南希不斷用手刷動手機螢幕，那些文字在往前滾動。寫了很多。

南希說：寫給我的老公的，應該說是前夫更準確。南希的手停下來，輕輕嘆了一聲：可是他收不到了。

依若一臉疑惑注視著南希。

「我們……離婚了。」南希停下腳步說。

「你還想念他？」依若腦海閃現了一下自己前夫的身影。

「他已經不在世上了。」

南希原本拿著手機的手無力垂了下來，陷入回憶，說：他是警官，離婚五年後就患癌走了，已走了四年。離婚給了他很大的打擊，如果不離婚，他可能不會這麼早走。

用四年的回憶來哀悼一段逝去的感情以及一場永別，表達了怎樣的愛恨交織！依若注視著南希，那是一張總是微笑著的輪廓精緻的臉，誰會想到那笑容背後也潛伏著哀傷。

南希繼續說：我們兩人都沒有再組家庭。走時，他還不到……或是深深的自責令南希無法把話說完。

依若低頭又去看她寫的文字：你在我心裡……

人生，就是一場得到和失去的交易嗎？依若看著，一直不語，她不敢聯想到自己。

「萬變得失皆佛語。」南希又說：記得上次你的手上有一個鑰匙扣，可不可以給我再看看？依若點了頭頭，取出有女兒和她同學合照的鑰匙扣交給南希。南希看了看，又說：可不可以讓我拍攝下來？依若又點點頭。

之後，南希把一串佛珠，放進依若的掌心，說：這是唸珠，有一百零八顆。它可以幫助你，數著它，唸「阿彌陀佛」。我有朋友說唸《心經》和《地藏經》很靈，試試。又說：

人生根本的苦痛是生命無常，醫治它，最好的良藥是佛教。

依若把這串佛珠緊緊握在手裡。如今她的心墜入苦海，任何飄來的善心善念的可視物，她都想拼命抓在手裡，她的心苦苦期待著泅渡，渡往那沒有苦難沒有掙扎的彼岸。

「靈嗎？」

「信，則靈。」

那些生活中或悲或喜的故事，倒入往日的杯中，全都沖泡成了被時光映紅了的酒，飲是自己的，不飲也是自己的

依若和往常一樣，一走進住宅大廈的大廳，便習慣性地掏出鑰匙去開自己的郵箱。她看到了一封萬般期待的信件——律師公會的回函。她的心突然怦怦亂跳，她不敢拆開它，擔心又是宣佈她「死刑」的拒絕受理她的投訴的回函。如今她滿眼是黑暗，任何一個壞消息都有可能令她的精神支離破碎。

她匆忙把信件放入皮包內，鎖好郵箱，但又特別擔心會遺失，又把信件取出牢牢握在手上，然後大步流星走出大廈。

已是夜晚，可去的地方不多。她走進附近的一家麥當勞餐廳，在一個靠窗的位置上坐

了下來，三番兩次把信件取出來又把它放回。

最後，她的纖細的手指把信封口輕撫了一遍，還是放回皮包內。她突然想到要去一個能夠讓她放聲大哭的地方讀這封信。

她把南希送的佛珠從手袋中取出拿在手中，想起南希放映在銀屏上的最後一個畫面顯示出的金剛經裡的四句偈：

一切有為法　如夢幻泡影

如露亦如電　應作如是觀

第六章　鬱鬱南山

幾回登高踏花香，
紅葉黃菊桂月藏。
朝露濕衫春一場，
山高未必水流長。

——〈踏青〉

哪裡有生活的錦囊，讓我不迷失方向？哪裡有人間的冬陽，暖我眸中的冰涼？哪裡有萬能的妙藥，醫我生命深處的痛傷

南方秋季的山野，依舊是綠滿山川，遍野鳥鳴草長，強烈的紫外線依舊可以灼傷人的皮膚。

依若走在一條蜿蜒的山路上。她的手上緊握著律師公會的回函。

今早一起身，她便唸那串南希送的佛珠，這幾天她都在這樣做，身邊可供她取暖的東西不多，她想抓住任何可以支撐著她不讓她倒下的東西，哪怕是一根枝蔓。

她想上山，到山上去打開那封信來閱讀，山上可以無拘無束地釋放自己一遍遍壓縮了的情緒。

這座城市周遭的綠色屏障得天獨厚，有許多崇山峻嶺，是市民健身的好去處。

她專揀這座山，是因爲這座山傍海，有著她喜歡的綠潤藍浸的寧靜。

這山有兩條明示的路線可走，一條環山而繞回到起點；一條往上延伸後，還有路延至另一座山巒。

她選擇了向上走的那條山徑。

這條山路不太難走，有的路段是修好了的石階。不是週末，行山的人士影蹤寥寥無幾。以前她膽小，怕黑影，怕巨雷，怕蛇蠍，連蚚蝪都怕，當災難撲頭蓋臉地砸向她時，她在不知不覺中生長出了向死而生的勇氣，反倒什麼也不害怕了。身上的那點堅強，是被不幸造就出來的。

她幾乎沒做任何停留，呼吸從輕吁到粗喘，一步步不斷攀足而上。

每次登山，她都會穿上精心準備好了的衣裙。在她的心目中，草木是有靈性的，所謂的物語，無非是指林木花草都有靈性吧，著裝飄逸，從樹下枝前走過，最爲應景，才不辜負這滿目的清華秀翠。

現在生活把她重創得遍體鱗傷，她仍心性難移，這次上山哪怕無心情也穿上了一條黑色長裙。裙裾偶爾會被枝杈芒刺橫撩豎擦幾下，她預計了的，便不覺得有什麼不妥。

她沒有帶韻兒登過一次山，沒有爲韻兒做的事情可以羅列出很多，一些原本可以付諸實行的事，無巨細地都被其他念頭干擾了。活了這麼久，只活出了忙碌，活出了低智商，連保護好自己女兒的能力都沒有，竟然還倒在法律界伸出的黑手中。如今回天無力，說什麼都沒有用了，失敗感時時藤蔓般千纏百繞著她。

天上的太陽依舊熾烈，幾陣山風徐徐吹來，才能感覺出幾絲清涼的秋意。

自從醫生驗出她患了眼疾需要做手術時，她便時時遵從醫囑，外出戴墨鏡，以免眼睛繼續被陽光灼傷，但她心裡知道，自己的眼睛是哭壞的。

那些寫給女兒的文字像從天上飄落而下的流星雨，一點一滴灑在沿途的山徑上：

女兒，你走了，
藍天有了缺口，
太陽有了裂痕。
……

登上山頂，依若放下花色背包，面對大海的方向。她的身影投向懸崖，構成和樹木合一的風景。

有人說這世上有高人，可以看到常人看不到的地方，眼界可以越過高峰，看到被山脈阻隔了的江河穿岩過石後，依然奔湧不絕地在山的另一面流淌。生命不息，因靈魂而奔流。她踮起腳尖，引頸遠眺，看到的是山巒疊嶂，雲海相接，天地一片空茫。紅塵峽谷，各有景觀。依若內心忽然飆升起命在手運難握的悲愴情緒。

她伸手在背包內摸索著，很快摸出了那串南希送的佛珠。她的心靈極需一股力量的支撐。她相信一切信仰的力量。

南希說過：你看不見的東西並不表示不存在，你的女兒在天上看得到你，她會幫助你，保祐你的。

當她的手指又在一百零八粒佛珠上來回滑動了兩次後，停了下來。手中的信件已捏出了汗漬。她小心翼翼地把封口一點點撕開，她預測了最壞的結果。

她的目光久久停留在一行文字上：

本會將等待閣下針對胡嘉榮的投訴……

哀慟好像找到了打開的閘門，一如塑膠體遇熱脫膠般，支撐著她的一點氣力一瞬間鬆散開來，整個身體迅速綿軟成隨風而倒的芒草，她無力地跌坐在草坪上，手握信紙，對著蒼茫天地，遙想天堂中的女兒，悲入肝脾，一任淚水四溢橫流，痛疚之情生根發了芽般和她身上的筋骨連接在一起。

她取下墨鏡，向著遠處的重山峻嶺大放悲聲。山風伴隨著她的哭喊把她的淒愴撒向四野：

「韻兒，你在……哪裡？」

「我在這裡，在這裡……」韻兒的身影在樹林中出現……她穿著一條淡藍色的碎花裙在奔跑，依若在找她。小時候依若帶她去公園玩耍時，她總喜歡鑽進公園的小叢林裡。

一番哭天愴地之後，依若感到心情舒緩了一些，前額滑下的汗水和著淚水一並流淌。

「太太，你……你沒有事吧？」身後有男聲穿堂風般倏然傳來，聲音清亮，年輕。

在午後陽光照耀下，樹影和人影都拉得很長。依若看得到身後站著的身影在身邊晃動。

年輕人小心翼翼地走上前遞上紙巾，好像害怕驚飛樹上的鳥兒般。

依若接過了紙巾，有所表示地點了點頭。她用紙巾擦了擦眼淚，又捂了捂嘴，努力止住飲泣聲。

她戴回太陽鏡，鏡片在太陽下折射出藍色的光。她定了定神，環顧四周，發現自己的右側竟然是懸崖。她挪動身體往後移了移。

一隻可愛的西施狗跑過來舔舐著她的腳和手。她揚手抬腿在躲避。

「貝妮。」年輕人把狗喚開後，坐在不遠的草地上，說：不要怕，牠不咬人。牠可能想安慰你。

依若低頭不語，用手撫著腳邊的亂草。她意識到了剛才的失態，連說兩聲不好意思。

「太太，你一定遇到了很悲痛的事。」年輕人把依若起身時掉在地上的信件拾起，走上前交給她。

依若充滿謝意地再次點了點頭，說：不要叫……太太，我是教書的。

這是一個身型修長的年輕人，學生模樣，牛仔褲配藍色T恤，一頭卷髮在微風中輕揚。

「老師？」年輕人的眼睛睜大了，幽黑的雙眸很明亮。

「不信嗎？給你看照片。」依若從手機中翻出好幾張她站在講臺上的照片給年輕人看，說：我教歷史、寫作和古文。只是最近因爲家中出了事，請了一段時間的假。

年輕人看了照片後，說：那以後我就叫您老師。只是不明白，老師也會有什麼想不通的問題嗎？會這樣……

依若用手拍了拍面頰，擦淨臉上最後一滴淚，打起幾分精神說：老師也是人，也有傷心和想不通爲什麼的時候，人的一生都需要成長。

年輕人點點頭，用手理了理被風吹散的頭髮，說：叫我阿聰吧，聰明的聰。其實，我覺得自己一直很蠢，不知道父母爲何要爲我起這樣的名字，很諷刺。

空氣有些凝固。依若扶了扶太陽帽，擦了擦額上的汗水，問：你是大學生吧？

年輕人嗯了一聲，說：是新生。又說：眼下的父母不明白爲人父母的責任，便急著養兒育女，太自私。積穀防饑，養兒無非是爲了防老，很少站在子女的角度爲子女打算。他們只懂得干涉。

依若問：你和父母鬧矛盾了吧？

年輕人又嗯了一聲，說：老師怎麼猜得這麼準？然後眼睛冷冷地直視著前方的山谷，說：不想再見到他們。父母簡直就是冷血動物，除了責罵就是干預，讓我總覺得自己很蠢，什麼事情都做不好。

「可憐天下父母心。」

「我現在不想活了，誰來可憐我？」

「你不會做蠢事吧？」

「打算做，我活得不開心，絕望了。」

「一個能夠說出自己絕望的人並不蠢。絕望？說給我聽聽，讓我給你的絕望評估一下，看看是否真的值得絕望？這樣的絕望值多少分？」依若平靜地用手搓動著一根草葉說。她沒有去看年輕人，而是對著前方說話，這樣可以不讓對方感到壓力。

她現在才知道許多生活中的問題即使不大，如果不理順，便會打成解不開的結。她的腦海晃現出韻兒幾次想對她說話欲言又止的神情。

「我失戀了。」他一字一句地說。

「這和父母有什麼關係？」

「因爲他們一直反對。我現在感到活得沒意思，過不了自己心中的關卡，我想自刎。你知道項羽自刎嗎？」

依若眼睛始終注視著前方。

「當然知道，項羽自刎是因爲失去了天下。」

「我是因爲失去愛情。愛情比天下大。」

「那是因爲你的世界太小。你帶來了劍嗎？」依若看了看腳邊蹲著的小狗問。

「那我跳崖。明天你就可以看到頭條新聞，有一名十九歲的男生因爲感情煩惱而離世，在瑪嘉烈醫院搶救後證實不治。」

「生命無 Take2」

許多生命中遇到的人和事，記得，就是風景；不記得，便是過眼煙雲

下午的太陽散射出溫和的光，不時有光暈罩在他們頭頂。

阿聰說：人生太殘酷了，我輸了。愛情點亮我的人生，沒愛情的人生暗無天日。

「可以重新開始的人生，就不是輸。我講一個故事給你聽。」

依若知道再這樣對話下去，會出現僵局，她試著轉移話題。這回她把眼睛移向面前的小年輕。他面孔上的稚氣尚未脫盡，那一頭自然卷的烏髮把他的五官輪廓突顯得十分明晰。

「你想勸我？用故事來打動我？算了吧，老師，不要浪費口水。」阿聰蹲下身來撫摸他的小狗。

「是勸我自己，打動我自己，OK？」依若聲音細小起來，有些有氣無力。

一陣山風吹來，依若擼了擼額前的頭髮，說：每一個人都有自己夢想的生活，都有自己心中嚮往的愛情。有一個女人，因爲婚姻不如意，帶著女兒在外租房住。她工作十分拚命，在工作上得心應手，但在生活中遇到了麻煩。她想通過法律爭取住房，不幸的是，她努力爭取的房子竟然被賣出了。她和她的女兒站在生活的懸崖邊上想通過法律求助，但，被人狠命推了一把。她幫助別的學生學業進步，惟獨忽略了自己的女兒，有一天女兒選擇了離開這個世界……這個女人哭壞了眼睛，眼睛需要去動手術。

依若一口氣娓娓說來，像是站在講臺上一樣，只是聲帶有點澀。她停下來，連喝了幾口水。

年輕人聽後晃動著頭，說：不會是編的故事吧？不可信。在他所能理解的世界裏，越複雜的事情越不可信。

「這是我本人的故事。我只是想告訴你，每個人都會經歷痛苦，大小不同而已。」

「律師會害人嗎？」年輕人的眼睛睜大了，臉上露出驚訝。

「人性複雜，不要貼上標籤去認人，每個行業都有敗類。老師家破人亡都活下來了，你呢，不要被一件大不了的事情絆倒。」

年輕人怔了怔，說：所以活著太痛苦。老師，你怎麼辦？

「老師知道該如何去面對，只是，希望不要看到你成爲明日的頭條新聞。」依若發現她在教導別人時不知不覺也來了信心。所謂堅強，並非隨喊卽到，有些事情逼著你必須堅強，因爲沒有誰替你堅強。可是這樣的話她不能對眼前這位年輕人說。

「花開花落不由己，緣生緣滅自有時。」阿聰順口唸出的不知是從何處得來的句子。眼前這位年輕人情緒上的變化像坐過山車一樣，來時猛去時快。依若看了看他輕吁了一口氣，然後站起身來，說：突然懂道理了？道理道理，每條道上都通理。你父母的苦心，有一天你會明白。

「老師，我的父母如果有你這樣通情理，我就不至於懶得理他們了。」

在阿聰看來，自己是成年人了，有自己的思想了，但和父輩們的思維隔山隔水般地很難搭界。父輩們喜歡在幾何系列中生存，在複雜中不斷求解，而他希望自己的世界更像圓，簡單，明瞭，圓滿，他不想太複雜去理解這個世界。

依若看著眼前的年輕人的臉上蒙著一層淡淡的憂鬱，腦海中不由地浮現出韻兒有一次含淚望著她的情形：媽咪，你不懂我呀！

一想到自己活得如此失敗，是沒有資格去說服別人的。聽阿聰這麼說，她只是苦笑了一下，說：你年輕，摔倒了還有力量站起來再繼續前行。老師不一樣，但也要……往前走。依若說到這裡，紅了眼睛。她佯裝低頭去拍打裙子上沾上的碎草，然後看著小狗說：可愛的小狗。她看出了用小狗身上的毛修剪出的英文名字：Beini。

「牠叫貝妮，我女朋友的名字。牠看上去小，其實已經兩歲了，相當於人類一個中學生的年齡。」說完，年輕人伸手抱起了小狗：牠不適合爬山，更多的時候，我抱著牠在走。

依若點了點頭：狗養久了，也會有感情的，到時候會是一場生離死別。

「老師，您喜歡小狗嗎？」

「喜歡，我的女兒……很喜歡。」

補充了一些水和食物後，他們一起下山了。

年輕人走走停停，他的腳步大，有時需要等待依若。對他來說，眼前這位老師有些虛幻，山嵐紫霧般。

「有空多帶小狗到山上走一走。」

「嗯，仁者樂山。」

「你怎樣理解這句話？」

「聰明人都是喜歡山的。」

「這是字面上的理解。」依若說：事物和人一樣，都是有屬性的，山的沉穩和那些宅心仁厚的人有相同的屬性，人都喜歡靠近和自己屬性相同的事物。中文在理解上可嘗試多方位去釋意。

阿聰手上抱著的貝妮從他的肩膀上探出頭來，毛茸茸的深棕色腦袋像個加厚的大絨球。牠滴溜著一雙大眼睛看著依若，似乎也在聽她說話。

雖然下山的路並不好走，有些地段很滑，但看到前面的阿聰邁開輕鬆的腳步，依若的腳步也輕鬆起來。

走了一會兒，阿聰讓依若走在前面，說這樣他可以調整步伐。

「老師。您眞的會去和害您的律師較量嗎？」阿聰突然有些擔心地問。

「當被人逼上絕路時，你說，該怎麼辦？」

依若在一棵樹前停下腳步，看了看眼前向下盤旋的山路，剛才那一臉的柔和倏然間消失了，目光中透出堅定，說：站在陽光下，怕什麼呢？當你尋找光明，卻被碰得頭破血流，裡面一定有黑暗。重要的是，必須要有人站出來，揭露黑暗。

阿聰有所理解似地點點頭，說：如果自己當初報讀法律系就好了，這社會就會多一個好律師。

四野很空寂，山風習習。蟬鳴聲像是告一段落，鳥聲充盈於耳，不時還有溪水流淌出的聲響。

倆人一前一後，邊走邊聊。

走到山腳下，依若和阿聰揮手道別。

「希望我們都有好消息。」

夕陽正把天空一點一點地染紅，那紅色由淺入深，映入海中，像仙女搖曳的緋紅色的錦緞。

她臉上的笑容像是被人伸手掐落的花，連帶心中快樂的香氣一並被掐落。這手，這黑色的手呀

笑容是一個人身上最奢華的裝飾，可是，好長時間，她都笑不出來了。

件。

回到室內，她忘記登山帶來的疲憊，連忙在電腦中翻找一年前寫給胡嘉榮助理的郵件。

那時，當她知道法院最近下達了要她出庭的聆訊令而胡助理並沒有向她傳達時，她急忙打電話去找胡助理問原因，接電話的秘書說胡助理已經辭職走人了。

在她的再三追問下，三年不見的朱律師出現了，以簽署重要的法律文件爲由約她見面。一見面她便急切地提及早前請求法院下達房屋的保護令的呈請一事。可能是被問得突然，也可能是另有算計，朱律師在一疊案宗資料中翻找了一下，找出了她的呈請書，有意或無意中說了句：不知道胡助理爲什麼沒有上呈法院。也許他以爲說說就了事了。在法律面前，他的身份已讓他站在一個制高點上，他已習慣了翻雲覆雨任意發揮他的潛台詞，面對眼前這個焦慮不安、文弱無力的女人，不必說用一拳只需輕輕一掌，就足夠讓她領教用法律傍身的他的威懾力。

她這時才知道，原來自己一直站在法律的刀刃上。法律頭上一把刀，要看這把刀握在什麼樣的執法者手上。如果法律被執法者當成遊戲來玩耍時，害人已沒有底線。

她連忙寫了一對郵件，發送給離職了的胡助理。但，沒有回應。似乎當初對她的所有承諾一走便可全部勾銷。胡助理斷掉了和她的所有聯繫。

這封郵件她還保留著，有些句子列印在她的記憶中，倒背如流：

我在最初填寫的呈請書上寫得一目了然，我的精力和財力怎麼允許我去爭產？我只希望得到法官的公平裁決！

律師也好助理也罷，走進律師行，就要呈現良知和人品。

如果以後還要日理法律上的事物，請頭頂青天行事，走好！

第七章　依心而行

山青不現花兒黃，
莫測白雲變幻忙。
蒼狗紆尊齊陸海，
人生起落本無常。

——〈無常〉

請許我憂傷，不是每個人的歡樂都會應約而來，並在心中無限徜徉

這天是韻兒的生日。依若一早就把預訂好的蛋糕取回，擺放在方桌上。她的眼睛像攝影鏡頭，從窗臺上韻兒十一歲時的那張照片，移到女兒畫的「媽咪的玫瑰屋」，再移到在微風中水波般輕漾的含羞草綠的窗簾上，捕捉著往日的時光。韻兒娟秀的面影不斷在她所視的物件中閃現。

她剛鋪好白色印花檯布，有電話打過來，是陸露的。她說：現在正忙，過一陣再打來吧。

放下電話，她把擺放在方桌上的蛋糕盒打開，蛋糕上用新鮮的草莓組合成一顆心型，心型裡面有用巧克力醬製作的文字：

媽咪愛你

她邊點上蠟燭邊喃喃自語：我的女兒，你不會離開媽咪的，是嗎？你在。以前，你陪媽咪受苦，伴媽咪受累，媽咪卻捨不得買一個最好的生日蛋糕給你過生日，請原諒媽咪所有的過失。你來到這個世界上是來陪媽咪的，爲什麼不陪媽咪多走一程呀，我的女兒？

在搖曳的燭光中，她看見了她的韻兒，看到了一朵靜水照花的笑靨，正笑吟吟地看著她。

她取出韻兒的那本生物書，說：女兒，媽咪還保留這本你最喜歡的書，你說過的，要讀醫科。

她看見韻兒在燭影中微微笑著，豎起右手的食指在唇邊，似乎噓了一聲，在提醒她小聲一點。

她停了停，切開蛋糕，放了一塊在一個印有櫻桃小丸子圖案的碟子裡，繼續說：女兒呀，媽咪內心歉疚得很那，沒有在第一時間救護你！你讓媽咪帶你去找醫生，媽咪忽略了你的病情。女兒呀，你是一束亮光，來到這個世上是來照亮媽咪的，媽咪卻不小心把你熄滅了。請你原諒媽咪！你在天堂等媽咪呀，來生我們還是母女，媽咪一定好好照顧你。

韻兒在對她說話：媽咪，不要吃太多甜品，傷身體。韻兒說話時一如她以前那乖巧的模樣。

她似看見韻兒在聽，心中的思念流淌成河，繼續說：女兒呀，在天堂的你不會遇到人世間的寒冷和冰霜，那裡有愛護，有溫暖，沒有壞人對你惡意的傷害和欺凌，天堂裡沒有謊言。

在天堂，你花開富貴，擁有你喜歡的寬敞的房間，房間內放得下書架和書桌，門口還帶著花園。

在天堂，你周遊世界，臉上放射出快樂的光芒。在天堂，你擁有你喜歡的醫科學歷，救護病人，造福大眾。

在天堂，你擁有花也花不完的錢財，用它來深造學問，滿足自己。

燭光中的韻兒又說話了，聲音很輕柔：媽咪，我看得見你，你要笑著去生活，我希望看到我的媽咪的笑容。

依若笑了，端起碟內的蛋糕遞給韻兒。只見韻兒正欲伸手，那燭光如夢似幻般漸漸熄滅，韻兒的笑影漸漸消失，無影無蹤。

女兒呀，媽咪對你的的思念已化成滿天的飛雨和四季的柔風，媽咪對你的祝福已化成清晨的朝霞和天空中的彩虹。女兒呀，有星星的夜晚記得來看媽咪呀！你是媽咪心中永遠永遠最亮的星。

有多少這樣的畫面日夜交織在她的眼前，她對著燈影對著星空說，對著微風對著細雨說。

窗外，浮雲一朵，意蘊萬千。

是幻，是幻，萬法皆然。

在這個許多常規被破壞了的世界，依心而行，會是一種艱難的跋涉

陸露的電話再打來時，依若已坐在一家麥當勞餐廳裡。很長時間裡，她被一種恐慌不安攫取著，不能單獨一人呆在室內，哪怕數分鐘。

她不想接聽任何電話。這些日子，她幾乎隔絕了朋友網。除了想走近和自己同命運的人們，喚起一點活著的知覺，其他人她大多不想去接觸，感覺中別人生活中的幸福，是對自己處境的嘲諷。

如今，快樂是別人的事，春風得意是別人的事，健身，美容，長命百歲的保健防護，以及秀家庭圓滿炫個人享樂，都是別人的事。依若尤其不想看到朋友圈有人曬子女的圖片，那種感覺，就像有人在流淚的人面前恣意地狂笑，還時不時亮出高亢的歌喉高歌一曲一樣。

她沒有怪罪別人的意思，只是在命運的起伏跌宕中，世事無常的洗牌效應遠超過自己摸牌的速度，不幸的事情說來就來，太令人猝不及防、驚恐失措。明明女兒好好的呀，晚上還在和她聊天，怎麼說不在就不在了，怎樣一轉身便留下一個永遠不會再見的哀嘆呢！在舉目無親的哀慟中，她需要脫險的不僅是處境，還有心境。每天，悲苦燒心，並把她內心用文字用道理築起的堅強擊得潰不成軍，眼下還沒有任何力量能夠支持她不隨時以淚洗面。

「小姐，爲何不接聽電話？」陸露發來短訊。

依若短訊回覆道：正忙。

這時電話響起。猶豫了一下，她接通了電話。

「大忙人，聯繫你眞難哪！你現在在哪裡？可以一起吃晚飯嗎？」

依若和陸露倆人是同鄉，都來自儂言軟語的江南。

陸露讀中學時就來到這座城市，比依若早來十幾年，如今衣食住行已融入了這座城市的主流族群中。

陸露開過精品店，後又轉行從事保險業務。最初依若走出家門時，陸露想領她走進保險業，可依若不這樣想，說：這不是我想要的工作。她不喜歡太多的人際交往，尤其是和陌生人打交道，不自在。自己千辛萬苦走出家門，想要做的是喜歡的工作，做老師最好，能夠贏得尊重。人在異鄉，雖沒遭遇過大的排斥，但多多少少嘗過被人冷眼以待的滋味，自己具備的中文知識是自身所倚重的砝碼，她想用它來立足於這個社會。

「都什麼年代了，還在尊重不尊重的，Money比尊重更重要，有錢就會被人尊重。」

陸露說這些話時，唇上的肉色口紅閃現著水潤光澤。在陸露看來，生活實際得就是數得出聲響的鈔票，她無法明白依若的夢想人生是爲了什麼。

依若心裡明白，每個人都有自己的人生哲學，在人生許多面臨選擇的關口，有人選擇隨機，她只不過選擇的是隨心。人在旅途沒有預設，想看不同的風景而已，沿途會遇到怎樣的艱險，那是邊走邊知的事。

「你說吧，我在聽。」她和陸露已經一年多未謀面了，只是偶爾通過短訊問候一下。陸露這樣急切地找她，一定是有事的。

她現在對陸露心存芥蒂，因爲朱律師那家律師事務所就是陸露介紹的。陸露工作上順風順水，社交範圍廣，經常參加各類飯局，認識不少不同行業的人士。

依若把離婚之事一直當隱私，沒有幾個朋友知道。最初她通過律師公會的律師花名冊找到一個吳姓律師，把她的個案一直長期擱置未作處理。陸露知道後向她介紹了一個陳姓律師，說是好朋友，可以去找他。依若電話打過去，陳姓律師說電話中聽不清楚，要她去他的律師行一趟，當面說會好一些。她去了陳姓律師行，原本想如果覺得陳姓律師不錯就換一次律師。只是走入陳姓律師工作間，人還未坐下，一份文件就推向她讓她簽字。她掃視了一下那一大篇條文，不敢隨便簽字，想離開。陳姓律師說她浪費了他的時間，他的律師費每分鐘都是錢。爲了躲災，一個問題都沒有問出的她付出陳姓律師一小時計的律師費後才得以脫身。走出陳姓律師行，她如虎口脫險般出了一身冷汗。

她心目中的律師形象是憑藉著書籍幫她建立起來的，那些書中的律師形象是閃著光亮的，是在社會中擔當和正義和良知渾然一體的重要角色，即使不是大義凜然，也會剛直不阿的。只是那身冷汗出過後，仍沒有帶給她應有的警醒。她在想，這是聲名遠播的法治社會，這裡的律師職業操守應該是一流的，卻沒有意識到任何地方都有邪念叢生、爲非作歹的行業敗類。

這件事弄得她很不開心。陸露知道後卻說多大一件事，再換一個律師不就行了，這次是有名的，那律師是自己的表兄，這回不會錯。就這樣，她走進了朱律師所在的律師事務所。她當時在想，找有名的律師，費用雖比一般律師貴，但可以幫助自己更快更好更順地處理案子。

陸露問：你的案子處理得怎麼樣？

眞叫哪壺不響提哪壺，不問還好。依若說：這要問你的那位教友加表兄……

「我是在關心你呀，小姐。」陸露打斷依若的話，說：別什麼表兄不表兄的，只是爲了拉近距離感，朱律師只是我的一個大客戶。前一陣子，我幫你去問過案子的情況，他說正在處理，叫我不要多事。我眞的不知道發生了什麼事情。

「這世上最可怕的就是披著羊皮的狼。」依若不知哪來的怒氣。

「說話能不能溫柔一點，小姐，什麼狼呀羊的，我只知道千古不變的定律，大魚吃小魚，小魚吃蝦米。現在聽你說話，像是帶槍打仗，不附合你優雅的形象。」

「我很想溫柔，可是生活不近人情呀，這世上有人狼心狗肺，把我逼成了獵人。」依若甚至想像得出陸露在說話時搖頭晃腦，耳垂上嵌著鑽石的珍珠耳環在一晃一蕩中閃閃發光。

「你沒發生什麼事情吧？最近還好嗎？」陸露轉開話題，語氣中充滿了關心。

「沒……什麼。」她原本想說你結識的是些什麼人呀！但她知道再這樣對話下去，會變成逞口舌之強，倆人的關係會弄僵。她想放下電話。

「那好，說點正事吧！」陸露說話懂得鋪陳，然後再扣正題，說：我剛在佳佳國際開了個購物網店，幫助介紹客戶購買海外貨品。如果通過我介紹，其他人只需要幾個簡單的步驟，便可免費註冊成為Clients。有優惠，我希望你能加入。另外，把你的朋友也介紹過來吧，保證讓你們滿意。

眞是三句不離本行。她是陸露的客戶，早前，在陸露那裡買了三份保單。

「那些名牌產品，我哪裡買得起。你不是盆滿也已缽滿了，錢是掙不完的。」

「Oh, My God，小姐，你在說什麼呀？總說些讓人聽不懂的話。沒有花不完的錢呀！你要聽我的，早就暴富了。」

陸露總以幸福女人自居，老公在這座城市的黃金地段有自己的公司。儘管她的老公見到漂亮女人眼珠就像六合彩的攪珠不停地轉動，陸露也能釋懷。她對男人有自己的理解：哪個男人不沾腥？陸露是無法理解依若的，要貌有貌，口才又好，說是不浪費生命，恰恰最浪費生命的就是依若。總是死死地守護著自己，不讓男人輕易接近。這年頭還講什麼婦道，在這個花花世界上，男歡女愛，是永遠的時尚。

她不隱瞞地告訴依若，她最近有了新男友，認識了很多年了才走到一起。

男友是誰？陸露不說，依若也不便問。

有種友誼隨著時間發酵，繼而變味

陸露說男人女人走到一起，就是互利。只要提及男友，從電話中都可以聽到陸露的一串串舒心的笑聲，似乎有發自內心的喜悅需要張揚。那笑聲甜得有幾絲發酥，完全聽不出說話人的年齡來。

愛情，不是年輕人的專利，中年人的愛情之火燃燒起來，火勢更烈更猛。

女人年紀愈大愈容易喜歡在自我陶醉中犯傻，看幾朵閒雲也會在心中開出一片粉色的花來。依若也有過這樣的時候。

陸露總是說依若怎麼長時間能夠忍受沒有男人的生活，寂寞如何排遣？男女之間的情事如何解決？陸露的想法直白得一目了然：找男人講什麼靈魂伴侶，沒有錢什麼都是零。在陸露眼裡，婚姻是人生中的最大一宗買賣，要看以多大價值比成交，婚姻這宗買賣如果成功了，雙方獲利。

在送一對子女去海外升學的事情上，陸露當時拿不定注意是去澳洲還是美國，最後聽從了依若的建議去了英國升學，在這方面她相信依若的看法。

如今，屬於陸露的生活怎麼鋪開都是一幅完整的圖畫，而屬於依若的生活卻是怎麼拼接都是帶缺口的拼圖。

依若發現陸露和自己如今完全變成一種正負對應的關係。她不能接受的許多生活觀念在陸露那裡可以成立。她認爲簡單是一種生活方式，但活著不是爲了簡單，可陸露說她就是喜歡活得簡單，吃喝玩樂，享受生活。對錢，陸露的看法也有新意：談錢是對人才的最好尊重！沒錢，一切免談。錢在幫她開路，並暢通無阻。

依若知道，這個世界就是這樣，不管誰只要活得成功，所有他信奉的人生哲學便能夠順理成章地成立。

「小姐，什麼時候把你的女兒帶出來，一起……」

聽到這裡，依若悄然掛斷了電話。一片噪音和著陸靄的笑聲遠去，她手中的一杯咖啡正好喝完。這些日子她更喜歡喝黑咖啡，純味的苦，苦到每粒味蕾都灌輸了這種感覺，讓人感到某種情緒的釋放。只是能夠爲她提供這種感覺的她熟悉的那家咖啡店前不久關閉了，她少了一個落腳處，便另辟休憩空間，來到她住處附近的一家麥當勞餐廳。就是在這裡，她手中握著律師公會的第一封信函坐了很久。她對這家餐廳有了感情。

有學生和家長發來短訊詢問有關上課的事宜，她需要回應。她打算陸續恢復一些課程，那些學生們令她想念。

她曾經在教育領域工作得如魚得水，還有過和明誠一起合作開辦一家補習中心的設想。如今她像一隻折翅的鳥，韻兒的離開，帶走了她生命的意義，活著變成一件很辛苦的事，做任何事情都沒有動力。心中的缺口太大，療癒的過程漫長，但她知道眼中有了前路，腳步便已在邁開，每往前走一步都會增添一分活下去的信念。

每個人來世一遭，都是帶著各自的使命

天色已暗淡下來。她正想離開時，窗外傳來救護車的聲響。

她轉頭望向窗外，街頭行人道上人頭攢動，一群年輕人穿著黑衣，正從右上方成群結

隊地走下來。人數愈聚愈多，在道路的交叉口上滯留不去。

警方在一些路段用黃色膠紙封了路。過了一會兒，人群往左邊方向延伸，移動，那個方向是地鐵站。

她突然想起，這座城市正在發生著山呼海嘯般的動蕩，可以隨處聽到親情和友情的撕裂聲。這些日子，她掉入悲傷的幽谷中滾爬摸打，兩耳幾乎不聞窗外事，但總有些人世間的是是非非闖入耳目。

現今的世界好像到處都佈滿了謊言。依若常常提醒自己，把握好良心這把尺，保持頭腦客觀冷靜和清晰，不要被煙霧彈障眼。有時又想，自己連自己的心理關口都過不了，是人生中的失敗者，是沒有什麼資格去對別人指指點點評論是非的。

就如明誠所說的那樣，在這紛紛擾擾的世界，哪來什麼歲月靜好，能平安無事，便已經中了上上籤，生命的底盤上便已貼上了熨金的福字。

「媽咪，媽咪。」有一個小女孩的聲音，拂耳而來。她的身體微微一震，遁聲望去，是鄰座一個正吃著薯條的小女孩在叫她的媽媽。

一聲「媽咪」是子女對母親的頌詞呀！而韻兒走了，她再也聽不到有人對著自己喊一聲「媽咪」了。想要這裡，她眼裡蒙上了一層淚影。

等窗外遊行的人群疏散後，她才起身離開。

「老師。」下樓時，依若聽到有人在叫她。

有位穿黑色T恤牛仔褲的年輕人正站在梯口處往上走。昏黃的燈光下，仍能看清他的自然卷髮，以及一張五官輪廓明晰的臉，

「是你。」依若定了定神，很快想起了，是前段時間在山上遇到的年輕人阿聰。

依若不知道阿聰怎麼認出了自己，或許是憑著自己正好又穿在身上的那一襲黑色長裙。

阿聰打過招呼後，沒多停留一下，埋首疾步上著樓梯走過依若的身邊。

「等等。」依若回頭叫住阿聰。

阿聰轉身時，依若重上階梯伸出一隻手，握住了阿聰也伸向她的手。她感覺到了阿聰手上纏著的紗布，低頭看了看，紗布上滲出血跡。她原本想說：小心，危險！但話脫口時變成了：早點回家吧！別讓你父母擔心。

阿聰點了點頭，轉身走進了餐廳。

夜幕低垂。街上行人稀少，平時覺得逼仄的街道，看上去開闊起來。長長的馬路上，突然間變得空蕩蕩的，好長時間，看不到車輛行駛。

不遠處的大廈，樓下有幾個年輕人擁著一個手持擴音喇叭的同齡人在向樓上喊話，聲音刺耳，劃破夜空。

樓上有聲音從大廈的另一面的窗口大聲傳出，有節奏，有力量，那聲音填滿整條街。雙方都在連串高音喊話，但似乎雙方都聽不到對方在喊什麼，聽得一清二楚的是途人。

已分不清誰在滋事誰在爭辯，雙方的聲音在夜空中碰撞，碎成片，紛紛揚揚，從城市的上空撒下，雨霧般罩了下來。

在這靜夜的街頭，每一個行人都是過客。路，只有這麼長，不會因爲途人行色匆匆而有所改變。

夜色很濃，濃成了墨，暈染了這個仲夏夜晚的每一個時辰。

依若始終相信，世事既有定數，萬物的存在，都帶著使命。

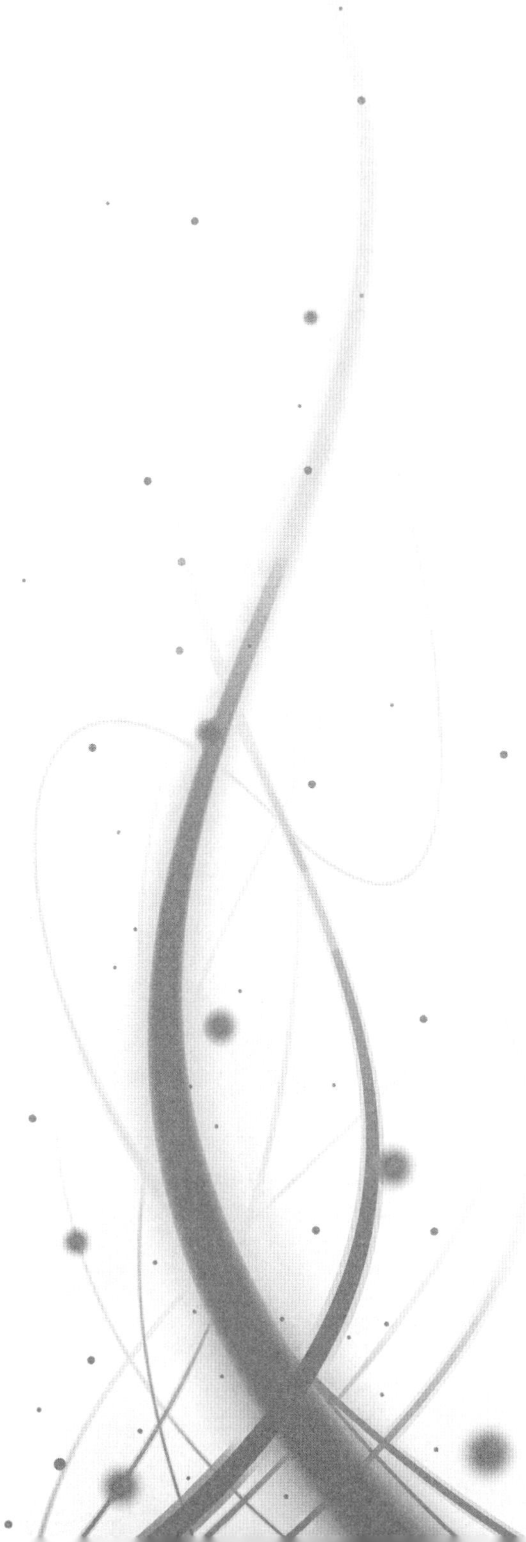

第八章　較量

人間煙火焙閒談，
世事無常捲巨瀾。
心向荒原春色盡，
情傾一片海天藍。

——〈人間〉

向善之路，常常充滿艱辛；向陽之路，總是面對絕境。選擇，是自己的事，惟有勇氣，可以絕處逢生

法庭上，全場一片肅靜。依若正注視著頭戴假髮、身穿長袍的法官陳述實情。她神情莊重，言辭凜然。

她一直希望上庭，去面對法官的提問，但這樣的機會被朱律師他們以「沒有必要」而阻止了。人陷在泥沼中是不會太多去考慮爲什麼陷進去的，而是想著儘快脫身。辦案過程中大量的時間耗在由律師決定押後法院的聆訊令上面，耗得她精疲力竭。她不時被他們推出的對她來說第一次聽到的法律詞藻所迷惑。那些東一下西一下的郵件，前後內容不連貫，讓她不知道他們究竟想幹什麼。她腦中懸出的問號愈來愈大：在大大的「法」字面前，律師怎麼可以任意操縱法律？

一年前投訴碰壁後，她這才知道投訴之路千萬條，投訴律師之路最難行。這一道法律的門檻，很容易把她這類不熟悉法律的人士擋在門外。

她像坐在一輛戰車上，在死亡的陣地上疾馳。她不斷喊停，不斷放棄自己想要爭取的利益，到頭來她一無所得，卽使失去了女兒，他們依舊有本事節外生枝，久久不爲她結案，總是說法官的批示未到，總是有最後一份文件讓她去簽署。她耗盡財力精力心力換來的卻是：所有合理的願望全部落空！

她在社會上四處尋找出路，但她得不到所需的幫助，她掉入了漫無邊際的孤苦無援的黑暗中。

她怎麼也想不到自己人生悲苦的事情會和法律相關。法律，曾是她心中最神聖的亮光，她最初飛蛾撲火般撲向它，如今卻要以站在法庭上這種方式，和這些用金燦燦的法律之光爲自己遮身蔽體的執法者對薄公堂。

面對朱律師對她的指控：想借離婚奪取她丈夫的一半財產。她的思緒似一簇簇的火花，通過言語閃耀出來。

「本人不僅當時而且從來沒有這樣想過，勿以己心去度人！本人只是想通過正當的法律途徑去爭取自已應有的合法權益。本人知道「「奪取」」如果和財物聯繫在一起便是一種暴力，是違法的行爲。」

她轉頭去掃視朱律師，自己最初以畢恭畢敬的態度走近他，如今卻無法抑制內心的悲憤怒目以對。她驚訝於自己是從身爲執法者的他那裡領略到了人性中埋藏著怎樣的狡詐和險惡。荒謬可笑的是，花錢請來律師不僅沒有幫助自己，反而來加害自己。

她放緩語速，一字一句的聲音在庭內迴旋：

「奇怪的是應該懂法律的律師怎麼能夠不懂得這個詞彙的含義！那麼，幫「「奪取」」

別人財產的委託人辦事，這不是合謀一同犯罪嗎？」

朱律師表現得毫不示弱，他看上去是那麼平心靜氣，心安理得。他的眼神始終飄忽不定，沒有看法官，也沒有望向旁聽席上，只在沒有人和物的空隙處浮飄蕩。他習慣了這樣的場合，他從不缺少辯護上的說辭。這裡，是他工作所屬的領地，儼然一副戰場上的指揮官以戰無不勝的架勢，來面對依若一再的質疑：爲什麼不讓我出庭？

「純粹是爲了節省委託人的訴訟負擔。」朱律師態度傲慢，回答起來振振有詞。

「本人的訟費需要律師來擔憂嗎？本人找律師難道是爲了節省訟費嗎？本人願意出庭聆訊承擔所需的訟費，而不會爲了節省訟費而放棄出庭聆訊。」

她不斷等待法庭的聆訊令，日復一日，等得心急如焚，等得焦頭爛額，萬萬想不到朱律師他們卻在不通知她的情況下，竟然一次次以「節省訟費」來作爲他們阻止她上庭見法官的堂而皇之的理由。

法官的目光和現場人士的目光交匯一起轉向了依若。

「這種本末倒置的行爲，如何界定該律師工作偏誤的嚴重性？」

她把思緒擰成一股繩索，並順著繩索一直滑下去。

「朱律師最成功的地方：要委託人以『不正式離婚』的方式去爭取房產，最出色的地方：一邊交給委託人一份帳單，一邊成功粉碎委託人萬般期待著出庭的機會；最突出的地方：所有的努力就是想方設法讓辦案的程序變得複雜，費盡心機阻止委託人上庭，絞盡腦汁讓委託人按他設計的最佳方案去走，即使致委託人於絕境亦不罷手。」

依若腦海中怒潮翻湧般呈現一大串的疑問，這是她六年以來走近這些執法者所累積的疑問，可是這樣的聲音更多的只輾轉於她的內心，沒有強而有力地發出來。

「本人要求保護房屋的呈請書呢，你們呈交給法院了嗎？」

她悅耳的聲音原本是用來吟唱的，卻迫不得已要用在法庭上來爲自己的義正辭嚴發聲。想到自己一心向陽卻倒在執法者的手下，想到自己撲向法律卻是在引火燒身，想到這種害人的暗火還可以肆意忌憚地燃燒，無比的悲憤令她發現慣於柔聲細語的自己的音量不夠大。這個時候，她覺得自己似乎在面對著嗜血之徒，甚麼溫文爾雅，甚麼忍氣吞聲、忍辱負重，見鬼去吧！她渾身充滿了勇氣，不知道如何才能起到震耳發聵的社會效應，只是忍不住提高了聲音的分貝，甚至希望自己的聲音能夠穿樑鑿壁，傳向四面八方：

「律師千方百計阻止委託人出庭，這和變相藐視法庭有何本質上的區別？正因爲走近朱律師他們，本人感覺不到法律的尊嚴！」

依若的視線再次從眼前與她對薄公堂的幾個執法者的身上劃過，勾勒出他們西裝革履下那種用理直氣壯孵化出來的氣定神閒的漠然神情。無論他們把人性的險惡往她身上出擊了多少回，令她悲苦萬狀，令她痛不欲生，他們在大衆廣庭之下，竟然可以做到面不改色心不跳，謊言運用起來得心應手。這種高強度的冷血心態，需要歷經多少次工作實踐才能鍛造出來！把只會讀聖賢書的她看呆了，看傻了，看得她瞪大眼睛看不清這個世界的眞面目，看得她膽戰心驚地一時語噎而忘記了還要說的話。

最後她的目光落在朱律師身上，定定地看著他想透過他的毛孔看出他的五臟六腑來。他最初從不露面，三年後，胡助理一走，他便搖身一變突然出現了，在短短的一個月裡，不斷用補充各種材料爲由，令她疲於應付。把她逼入絕境後，這個爲她製造了極大麻煩和痛苦的執法者，在郵件中以「我們就是來幫助你解決問題的」字跡而留下他深明大義救人於危難的佐證。

這樣的心機因爲罩上了法律的光芒，放射出來，無不閃射出濟世救人的光輝。

朱律師一定以爲他自己在法庭上可以大放異彩，因爲這裡是他的專職舞臺。他用「無根據的指控」爲她針對他的謊言找託詞；用「委託人未能予本行明確指示，以致於要解決什麼問題也未清楚」爲對她實施的傷害找理由；用「情緒激動」往她身上堆砌責任；用「本行絕不認同」作爲其理屈詞窮的擋箭牌。

「朱律師處理本案手法嫻熟，動作老練，其行事作風令本人明白：如果執法者心術不正，想利用法律來加害於委託人，可以做到殺人不見血！」依若不依不饒予以回應。

「這是對本行的辱罵及人身攻擊。」朱律師仍不動聲色地說著他要說的話，但語氣中透露出幾分威嚇。

「這是辱罵和人身攻擊嗎？這是一針見血！」依若自始至終直視著朱律師並與他針鋒相對，憑他們爲自己帶來的傷害，這些用詞已相當客氣。

令她窮盡一生的想像都難以想到的是，眼前這些與她對薄公堂的執法者，即使害了人，即使重拳出擊而不顧致她於死地，竟然還有冠冕堂皇的理由。竟然還可以這般趾高氣昂。

如今她知道，世上最大的惡，便是執法者的謊言。她對執法者謊言的憤懣，是基於對法律的信仰。

「如果善良得不到保護，邪惡得不到懲處，還要法律來做什麼？」

她想大喊！

走近法律，卻成爲受害者，你以爲這是誇張嗎

依若似乎隱忍了很久，終於掉頭喊出一聲：「人渣！」

「Hi，嗨！」明誠的手，在她的眼前近距離地擺動。她定了定神，讓神思回歸眼前。

她想起了，這是中午，她來到明誠工作的附近，在一家茶樓等待明誠的到來。

一大早，她收到明誠的短訊，說是有事和她商量。是什麼事呢？依若一邊回覆一邊想。

「你在痛斥誰？」明誠帶著笑看著她問。他知道那些案情還在繼續讓她鬱結於心。他把公事包放下說：好在聽到的是我，可以避免一場誤會。

「對不起！你，懂我……」依若不好意思地欠了欠身體。她感到自己的神思和身體有時候不在一起。「人渣」這個詞彙，她最近才開始用，是那些利用法律來害人的所謂執法者的最好代名詞。

「你的投訴處理得如何？」一坐下來，明誠便關心地問。

「已經第三個回合了。」

這樣的話，明誠懂。

「你認爲這類投訴，律師公會能秉公處理嗎？」她接過他遞來的茶水，呷了一口問。一朝被蛇咬，十年怕草繩，她對這個世界上曾經所寄予的一切信任都開始動搖。

「會的，好的法律人一定有。」明誠沉吟了一下，用肯定的口吻回答她。他的眼光用素描的方式在她臉上瞄了一圈，說：你現在氣色好了很多。

明誠一邊喝著茶一邊在看她。那一條墨綠色的鏤花蓮衣裙，穿在她的身上，把她優雅的氣質襯托了出來。雖過了櫻唇花綻的年期，從坎袖中伸出的修長的手臂依舊圓潤白皙。她的出現帶給他一種立體的感覺，對，立體感。她是情感的飽和物，從喜怒哀樂，到橫眉怒懟，全方位呈現自己。她看人時眼中閃爍出的幾線靈動的波光，讓他知道她活了過來。

「我已經能夠坐下來，看幾頁書了。」

明誠點了點頭，往她的茶杯中注水：這是劫後重生的一個新開始。

他看到她一點一點活了活來，雖然緩慢，但時間在起作用。他希望通過努力能夠重新把她拉進自己的生活。

她留意到了他注視的目光，點了點頭，說：在努力。她把前面想說的一句「如果不是我的女兒用命，我可能連投訴的機會都沒有」嚥了下去。

「把體力恢復，以後還要去登山。」明誠把一碟她平日喜歡吃的高力豆沙推在她眼前。

「哪裡吃得下！」她搖了搖頭。她要了西米露，流質食物，容易進食。

她默默地盯著手上的茶杯發呆：女兒一走，我的人生，輸了，

「人生沒有輸贏，只有經歷。」明誠說：現在網絡上有句流行語，一切都是最好的安排……

「胡說八道！」她突然來了情緒，打斷了他的話。她的腦海似乎安裝了一道自動文字

篩選器，迅速屏蔽那些足以刺激她脆弱神經的字句。很長一段時間，她格外敏感，智商和情商都不夠用。

「安排有好有不好，我的話你沒有聽完。」明誠即刻補充說。

依若點點頭，似是明白。她清楚知道自己爲什麼那麼容易怨怒，身上的那份優雅早已被眼前的黑暗罩住並已扔到爪哇國裡去了。許多人都喜歡站在自己的角度說事，正能量不是適合所有的人。

「你是不是還想說，一個對往事絕口不提的女人自帶貴氣，一個不帶怨氣的女人值得尊重？」她喝下一口送入唇中的西米露，說：花錢請律師卻換來一場傷害，如果不抱怨，自己不幸的遭遇不就成了明正言順的事了嗎？不是的，有不合情理甚至傷天害理的東西横梗在其中。社會有病，行業有病，如果當事人面對那麼大的傷痛還沒有一聲怨，沒有一種憤，眞的，可能不是人了，這只會讓那些爲非作歹之徒更加不可一世。

「重要的是，不喪失自癒的能力，要學會止痛，活下去。」

「你活得太正面了……」明誠說。

「正面？哈哈……」明誠還沒說完，依若用苦笑打斷了他的話，意味深長地說：我這樣一個正面人物沒有倒在黑社會手上，卻倒在法治社會的執法者手中，這是不是太荒謬！

當你分辨不了色彩的時候，別人可能會懷疑你患有色盲，但當你把一切看得清清楚楚時，白的東西最有可能是你意想不到的黑。我最初忽略了律師行業中也有比黑社會還惡劣的人渣。

她在想：自己性格的致命傷在哪裡？執著，可以說是固執；善良，你可以說是軟弱；眞誠，你可以說是輕信。在這個人心無時不刻不在驛動的年代，什麼樣的性格才可以演繹出一種燦爛的人生？同樣性格的人，不也有迥異的命運嗎？

明誠指出：你的夢想太大。你還需要爲生活打拼，除非你擁是富二代的生活環境，可以支撐你擁有你的夢想。你沒有意識到你和你的女兒倆人都處在險境中。

她聽後，沉吟不語。

「看看周圍的人，不少人的生活看上去完美無瑕，只需撩開一角，不見千瘡也見百孔，貌似輕鬆的背後藏的都是萬苦千辛。」明誠冷靜地看著她說。

「你好像沒睡好。」依若也在看他，用很坦然的眼神。他的眼圈比膚色深，似乎沉積了持續的疲倦。

明誠點點頭。依若沒有讓他說下去，而是幫他補充：她又讓你睡沙發？

那個她，不需要說出名字，倆人都心領神會。這樣的情節，明誠不止一次說給她聽。

第一次聽到時，驚起的是一種對他的同情：她怎麼能這樣！那時，有的話，依若不直說，說出了會背負人前挑唆的心理障礙。她用暗示去維護明誠，明誠不會不懂。她是一個做人講分寸的女人，尤其在感情上，入得七分只守五分，其它五分留待對方去努力。她一直認爲，走到一起，不需要強求，只講緣份，

如今，人生的起伏跌宕，已把她內心美好的情意搗碎得七零八散，心中所嚮往的愛情不知裝在生活的哪輛集裝車上東拐西繞去了何方聖地。

她想說這麼多年都忍受下來了，學會理解她吧。可是說出來的卻是：許多人的生活都是這樣的，習慣了就能接受了。她聯想到了自己，如果多一點忍耐，多一點爲自己的女兒著想，也許，韻兒還在。那條離婚之路當初自己走得義無反顧，沒有想到結果卻走成了絕路。

她吃完最後一口西米露。她的生命中已沒有什麼營養了，親情，愛情，該不該消失的都幾乎消失了。她知道能夠擁有愛情的女人，大多活得珠圓玉潤。在生活的是是非非中，有關愛情，她已說不清自己是放棄了還是沒有得到過。對愛情的解讀因人而異，因爲靈與肉所需不同。靈與肉她都想要，有些貪。太凡說到貪，無論涉及是金錢還是感情，都會有代價。人若本本分分不強求感情去生活，人生基本上不會顛三倒四到哪裡去，若想在現實中來點異想天開，必定情路彎彎，道阻且長，一不留神，就等著孤帆遠影，煙波千里吧！

這種心情，她不再拿出來與明誠分享，她害怕他聽後一番勸說中再補充一句「因由果業」諸如此類的話。

她端著純白瓷杯品著茶，偶爾和明誠的目光對視一下。她能猜出明誠會告訴她什麼事。

他倆曾一起攜手去看過「清明上河圖」的微雕藝術展。她被輓著髮髻的一個女子在自家小院盪鞦韆的畫面吸引住了，說：如果時光可以倒流，我寧願活在宋時明月下，身著綢衫布裙在自家小院的香樹下繡春光。她的腦海中塡滿了幻景，許多時候不給現實留一塊空地。不過，她的幻想能夠打動他，他聽後笑了，說：那我就做身穿長袍，手搖紙扇的翩翩書生，陪著你優雅地談古論今。

倆人都知道到了這樣的年齡還說這樣的囈語只不過是片刻的愉人悅己而已，但倆人都很享受這種後語緊跟前言所帶來的默契和舒心的感覺。她感覺到他靠近她時噴出的鼻息像一股亞熱帶氣流在她頭上盤旋，急促地撩動著她的髮絲，讓她感覺到癢癢的。這種癢產生在髮際？心上？還是身體的某個隱私處？她說不出。

他是一個竭盡耐性固守城池的男人，在生活固定的軌道上運行，可以少擔風險。可是他的內心不是一潭死水，他依賴著水到渠成，可以將感情上的負疚感降至最低。如今兒子快要學成回到身邊，他的心躁動起來。

她伸手去接服務員遞來的蓮蓉包時，和明誠的手指碰到了一起。食物剛出籠，很燙，她本能地移動了一下手指，食物差點掉下來。明誠用力托住碟子說：小心！

她看著他把蓮蓉包往嘴裡送，然後避開他投來的目光，去看窗外的街景。

明誠的眼光一直停留在她臉上。以前被他注視，會加重她的表現慾，她知道自己笑起來好看，但不能笑得過猛，不然笑紋會不打折扣地在臉上放映出來。這段時間，她自我摧毀得很厲害。她知道自己的側影輪廓帶等級，是畫師眼中的素材，所以總愛轉頭望向一邊。女人的生動是男人的注目培育出來的。而如今，她一臉平靜的表情迎對著他眼中熾熱的光燄，使他話到唇邊，幾回吞下，再說時，已變得幾分生硬。

「我想離婚。」

「哦。」

「我的兒子快留學回來。」

「那好呀！」

這時地轉過頭來，細啜了一口茶，說：我的生活留下一大敗筆，女兒一走，便對一切興味索然，女兒帶走了我活著的生趣。

明誠聽後笑了笑，明顯地笑得不自然。他把目光轉向了食物，吃起了第二個蓮蓉包。

他從心底欣賞眼前這個女人。她的優雅，她最初的的深情和眞摯，她身上不經意搖出的那麼一些生動的元素，對他來說具有撩人的魅力。當初他不是沒有努力過，但感情尤其是中年人的感情很多時候需要爲現實讓路。

這時明誠的電話在響，他起身離開座位，背過身去接聽。只不過幾分鐘的時間，回到座位上，明誠的面色像上了一層白色釉彩，連喝了兩口茶後，說：她身體不舒服，我要陪她去醫院。

依若看著他提起了公事包，動作有些慌亂，便對他說：你先走。

他伸出一隻手壓在依若的手背上，說了聲：等我。然後匆匆離開餐廳。餐桌上還有他才咬了一口的蓮蓉包。

依若扭頭朝向窗外，外面不知什麼時候下起了雨。她是隨身攜帶傘的，不知明誠是否帶了傘。她想打電話問問，但還是放棄了，因爲他的電話她不便隨意打。她想發個短訊，但又想現在問什麼都不是時候。

季節在更替，雨說來也就來了。生命也就季節性的，她顚倒了時序，把年輕時欠下的學業上的連同感情上的債，一股腦地全放在婚後來補償了。婚姻中盛載不了她的夢幻世界，只能以破碎做結局。只是……依若沒有再想下去。感情中的那些事，她已不再專注於刻意，一切都託付機緣。心境變了，有關感情的情境也就跟著走樣了。

她為自己注滿了一杯茶，一直看到水溢出來，喝了半杯，付了帳，便起身走出餐廳。

要相信善良不屈的人性，可以砥礪世間任何時候的風雨來襲

雨，只是一陣驟雨，很快就停了。街道上，水洗過一樣的乾淨。

依若走出餐廳，走在一群建築物中。城市，一座座高樓大廈高聳入雲，密密麻麻，讓人無法耐心去品味它的建築風格，反而很容易掉進五花八門的與生俱來的慾望中。

途經一家酒店，無意中一側頭，她看到一個熟悉的側影。那是一個中年女人，黑色的薄毛衣套著一條低胸深紫色花裙，棕色頭髮微卷，手上提著一淺紫色手袋。那女人正在和一個身材微胖的男人手輓手有說有笑地從酒店走出，邁向門口的階梯。女人耳垂上大粒的珍珠耳環一搖一蕩的，讓人看出她說話時的語速。

她取下墨鏡看了看，那女人確是陸露。很久未見，驟眼見到對方，她沒有任何想走上前去說話的意慾。西裝男人那僵硬的頸部讓她很容易聯想到朱律師。

朱律師低下頭吻了一下陸露的前額，那份抑制不住的親暱作態，並沒有把擦身而過的路人放在眼裡。

因爲戴著墨鏡，她盯梢他們的膽量大一些。她裝著低頭看手機，放慢腳步，特意讓他們走在前面，間中可以聽到他們的碎語殘詞。

「……有我的 Efforts。」

「好處，有你的……」

那男人肥大的身軀走起路來一搖一晃，伸手去攬女人的腰肢。那隻手有些不安分地在緩慢下滑。

她的心止不住地速跳起來，就在那一瞬間，對焦按下手機的照相按鍵。那男人閃閃發光的金錶形成一個光圈成了這張照片最搶眼處。

她打開手機去網站查看，朱律師以及他的合夥人竟然還在執業。究竟什麼樣的投訴才能迅速生效？這樣的人渣怎麼還在行業中繼續囂張？是否害的人還不足夠？她的內心騰升起一股莫名的怒燄，她不知道該向誰去是問。

見到他們在拐彎的路口消失時，她轉身朝向地鐵站走去，一顆心像剛離開雷區一樣止不住撲撲直跳。

有關發生在自己身上的一切，原來陸露都是知道的，卻可以表演得這樣不動聲色。這世上怎麼到處都是戲，自己生存的社會似乎被遊戲人間的人截成了一個橫斷面，上面爬滿了逢場作戲的蟲蟎。

不一會兒，陸露打來電話，說是剛才在路上看到有一個人的側影很像依若，只是那人很瘦，衣著沒有依若光鮮。

「什麼時候一起餐聚，老朋友見見……」

她感到陸露的每句話都像是在幸災樂禍，沒聽完就把電話掛斷了。心中的一股怒氣急需尋找出口處。她把剛才拍攝到的照片翻出來看了看，想把這一男一女搭肩勾背的曖昧照片發送出去。她慌亂地伸手在手袋中翻找著，找出一張名片，遲疑了一下後，撥響了電話。這個電話的主人曾打電話找過她，盛情約她出去吃飯，她只需要點一下頭，便可讓陸露的生活天塌地陷。只是她從不輕易走入和男人一對一的餐聚，她一向把持著做女人的「界」和「度」，感情對她來說是有選擇的，是精彩限量版的。

電話通了，接電話的人伊伊呀呀的口齒不清。她以爲打錯了電話，剛想掛線，有女人的聲音從手機中傳來，說她是這家請來的工人，主人中風半癱臥床半年，她在照顧男主人的起居生活，如果有什麼急事可告訴她轉達，或找這家的女主人聯絡。傭人提供了女主人的電話號碼，這正是陸露的。

聽完，她著實發了一陣呆，覺得整個世界都在對她打著啞語，她沒有破譯生活密碼的能力，不然不會一頭撞黑。她的手指在手機的按鍵上顫動，那是準備發送的照片，照片中的男女被她腦海掠過的怨憤罩住。報復不過如此，你一拳打來，別怪我一腳踹回去。可是突來的惻隱之心使她怎麼也沒有力量按下發送的按鍵。她長噓了一口氣後，按下了刪除鍵。她無法想像那些所謂的執法者需要具備多麼歹毒的心腸，才能夠利用法律按下傷害她的隱形按鍵。

善良是人性的試驗場。善良，會讓人舉不起一把刀！

她很想知道，當善良和邪惡對峙時，勝算的機率會是多少？

手機中有兩則明誠發來安慰她的短訊：

要對得起自己。

不要仇恨哪些醜陋的東西，不管甚麼原因，仇恨最後只會傷害到自己。

依若在寫，握著手機的左手食指上套著的鑰匙扣在搖蕩。

她回覆道：我在用特殊的方式愛自己——我一手是花，一手是劍。

「我不會仇恨那些醜陋的東西，但決不會饒恕這世上邪惡的東西。我知道，善良並不一定會得到善待，但我依舊千百次地去善良；我也知道，僅有善良是不夠的，還需要適時揮舞打狼的棒。」

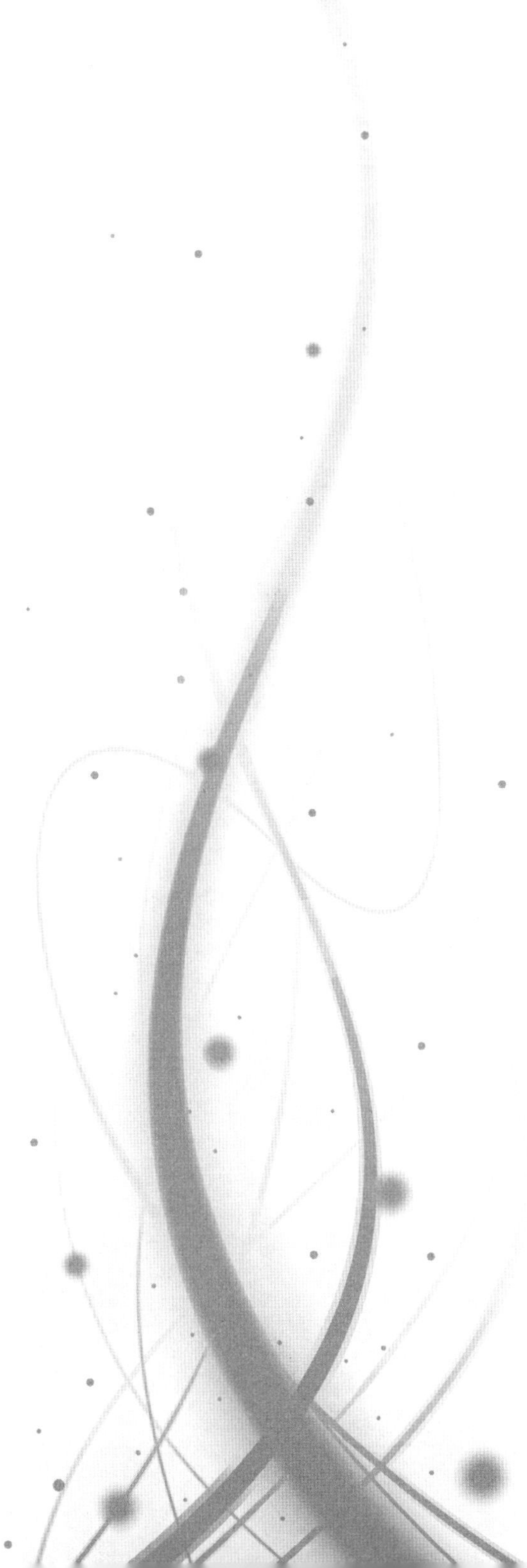

第九章　重建生命

莫問前路是何年，
天地蒼茫一瞬間。
人生似舟飛流過，
誰待是否已揚帆。
——〈流年〉

我們來到這個世界上是來圓一個夢想。可是，無論你如何努力，都不可能把一生畫得很圓

一大早，外面下著雨，不時伴隨著電閃雷鳴，把原本睡夢就淺的依若驚醒了。外面的天氣即使再來一次超強颱風天鴿，橫掃一切，對她都不構成影響，悲痛駐留不去，令她對外界的一切反應都變得漠然而遲鈍。

這樣長的日子，無論她如何舔舐傷口，那些疼痛仍斑斑駁駁地令生命在感覺中滲出血漬。

幾年前，有名學生家長把自己寫好的一本書送給她，書名叫做：圓。當時，她還不能明白書名的真實含義。如今，當自己的生活在一瞬間面目全非時，她忽然了悟了那位家長想要表達的意思，那是內心的一份安然和滿足。他的人生經過大半生苦心經營，收獲了家庭的美滿以及事業上的成功，對他來說，已心滿意足了。可是有多少人知道生命中的圓心在哪裡，該圍繞著什麼去劃一個圖？即使劃，又有幾人能夠避免不走筆而劃成一條直線？

失去至愛的苦痛背上身了，便很難卸下。她這時才知道什麼叫真正的孤單，找一個哭訴的人都沒有。

社會動蕩的聲音潮水般漫向她的視聽。一些地鐵站的設施被破壞，許多地段要封路。

「我們同路」小組的活動暫停了兩個月後才恢復。

這次的活動，在下午二時至四時於中心進行。活動內容，林姑娘提前做了通知：每人帶同至親的照片或物品到小組一起分享。這是最後一次小組活動，中心資源有限，還有相繼失去至親的其他人士迫切需要這樣的人文關懷和精神救援。

南希也來參加這次小組活動，臉上總是那麼安祥，看不出內心的翻江倒海，這是一種內心的修練。

依若做不到，緊皺的眉心已鎖住了所有的喜樂。這段時間，那串佛珠給了她精神上的慰藉。

依若說：痛楚似乎在心中潛伏下來，並未緩輕多少。南希說：這是一生的痛，要有心理準備。然後靠近依若，說：等一下我還有東西要給你。

她戴著墨鏡，右眼剛做了手術，縫了八針，右眼貼著紗布。

南希端詳了一下她，問：痛嗎？

她搖了搖頭，相比於內心的傷痛，這點手術沒有令她有痛感。她是通過親戚的幫助去廣州做的手術。她說找醫生不要看門牌，要看醫術。

「不痛了，找到了好醫生。」

「運氣好。」

「是，小醫院有名醫，大醫院有庸醫，需要運氣。」

她隔著鏡片，用單眼的視線滑過小組每個成員的面龐，沒有一個人的臉上漾出笑紋，但神情看上去比以往看到的稍微輕鬆了一些。

這次她沒有看到阿信，去問林姑娘：阿信沒來？林姑娘一向流利的語速突然截停了一下。南希對她搖了搖手，嘆聲說：阿信走了。走了？多久發生的事？她明白這個走字的含義，小組成員中也有和她一樣才知道這個消息的，聽後和她一樣臉上露出了痛惜的神情。阿信帶給她的感覺是那麼平靜和堅強。

她用眼睛望向林姑娘去求證，林姑娘遲疑了一下，說：這是很不幸的事件。活下去，對留下的親人來說不是一件容易的事，需要闖過一道道心理的難關。讓我們一起努力！

這樣的消息令室內的空氣凝固起來，大家對生命的去與留有著更深的認知，這是被生活打入另冊的人們對生命的共同體會：來似彩霞，去如青煙。生命好像是可以放飛的氣球一樣，稍不留意，牽扯著它的線就會斷。生命似乎很輕，輕飄飄的，隨時可以放飛；生命又似乎很重，它匯聚了所有愛它的人們的深情和厚意。

林姑娘開始說話：今天一小步，明天一大步，時間會幫助大家療傷。林姑娘希望到場的每個人結合帶來的至親的照片，說一段難忘的往事。

這是一種痛不欲生、死去活來的人生經歷，生命中的重創，瘀血般積聚，需要不斷放血不斷哭訴來治療，在痛中止痛。

依若帶來了韻兒畫的玫瑰屋的圖片，簡單介紹了一下其中的故事。她按捺了一下情緒，取出自己才寫好的一首詩歌的複印件一一派發給大家，說：這是寫給同路的朋友們的，大家一起分享。

林姑娘看後清了清嗓子，說：我來唸給大家聽。林姑娘的聲音把室內的每一個人都帶入自己腦海擬出的畫面中：

我不忍目睹你
對著至親消失的路口
復述著一場又一場過往
再用一雙蒼白的手
把自己抓撓得鮮血流淌
可是，我只能目睹你
哭乾所有的淚水

再垂頭一遍遍舔舐悲傷
因為我也有撕心裂肺的哀慟
粒子般細細密密地填滿胸腔
夢是另一個人間吧
那裡的窗口閃爍著不眠的星光
那裡有圓月呀
那裡可以擁抱我們失而復得的親人
傾訴　然後大哭一場

林姑娘唸完後，在場的同路人眼中都閃現出一抹淚光。

依若說：生命有限，對於現在的我來說活一天就可以用心紀念女兒一天，這樣想就可想開一些。有三個地方我用來和大家一起分享：

第一，要給我們生命的這種極痛找一個出口，哪怕是大哭，不必回避，用你認爲是最好的方法。

第二，就是生命要有一個支點，不管用什麼東西只要能把自己的精神支撐住，用宗教還是哲學或是文學都行，不要讓自己倒下。

第三，人生都要經歷喪親的不幸，只不過屬於我們生命中的不幸提前來到了而已，這樣想或許能夠想得開。每一次告別，都是一次小型的死亡。我們都走在一條不斷告別的路上。這麼說不是殘忍，是實況。這世上，原本沒有永遠的陪伴。

接下來是坐在林姑娘旁邊的 David，這次他的太太沒有出現。他給大家分享他兒子的照片，說這是兩年前拍攝的。

照片傳到了依若手上。她看到的是兩個年輕人的合影，模樣相似，只是頭髮一直一卷。其中那個卷髮年輕人令她感到很面熟。她想起了！問 David：你有兩個兒子？

David 點頭說：弟弟叫阿聰，哥哥叫阿明。

「弟弟呢？」依若忍不住地問。她很想知道阿聰的近況。

「去了台灣。」David 倒了一杯水端在手，說時壓低了聲音，顯然有些顧忌。

「去台灣？最近去的嗎？」南希關切地問。

David 無奈地聳了聳肩，把手一攤說：去了台灣就沒有聯繫了，他說要去聖地朝拜，不知最後去到哪裡。那麼大的事，David 卻說得很輕鬆，或是對於他來說遭遇過大災難後其他的一切都不以爲悲，又或是有些隱密不便宣露於外。

依若看了看David，又看了看南希，她相信他們倆人的內心都有著對這場社會運動的定義。她知道，現在是社會敏感時期，有兩個詞語最好別提：警察，黑衣，不然隨時會爆發親友間的反目罵戰，甚至朋輩間的割席斷交。世事無常，人心複雜，這種極具爭議性的社會話題，如果陷入只洩己憤，雙方都固執已見的口水戰中，便聽不到多少理性的聲音。社會也有傷口，也有病，康復起來，不是一朝一夕的事。

這時林姑娘說話了：希望不要在小組活動中討論政治，繼續下一個環節。她要大家在貼著八、九張圖片的白板上，各自指出自已喜歡的兩張圖片，並說說爲什麼喜歡。

來到這裡，依若很喜歡聽林姑娘的聲音，好像在聽福音，裡面充滿了理解，關懷和撫慰，無論大家說什麼，她都點頭接受，最後會作補充。柔和的聲音像中醫的針灸，在穴位上紮針，讓大家在酸楚中減輕悲痛。

依若在選圖片。第一張是一個身穿紅裙，長髮披肩的少女的背影。少女站在鮮花叢中，正張開雙臂，向著藍天放飛手上的鴿子。這張圖片讓她想起韻兒，也是喜歡穿連衣裙，那鴿子就像韻兒放飛的夢想。第二張是一個裸體跪地垂頭的女人的側影，她用修長的手指捂著面孔，淚水從她的指縫中溢出，匯成涓涓溪水蜿蜒流淌。這張圖片似乎描繪的就是她自己現在的心境，淚流成河，訴不完對韻兒的負疚和思念之情。

David選了一張和依若一樣的圖片，還選擇了一張一個偌大的嵌有門環的木門口，有兩隻可愛的黑色貓蹲坐在地上的圖片。David說：那兩隻貓是我和我的太太，我家的門永遠向著兒子打開，我和太太日夜等待兒子回家。

南希遠擇的圖片都是比較直觀或抽象的，比如一個圖案是大大的紅色心型從中間撕開。另一個圖案是懸在空中的兩隻伸出的手，沒能握在一起。

阿智和洪太也都選擇了自己喜歡的圖片，並和大家分享心情。

依若靜靜地在聽別人訴說。這次，她能夠在人前控制自己的淚水只在眼眶中打轉，而不四溢滑落了。她轉移了視線，不敢去看其他人臉上流淌的淚水。每個人的傷痛都經不起別人用眼光去撕，在這裡需要用傾訴用聆聽來解痛。

「以正念生活，延續對至親的愛。」林姑娘說完，把大家選中的圖片一一送出。並說以後還會有類似的活動，希望大家能夠報名參加。

平靜，是她如今渴慕的內心最好的安放形式

南希和依若一同往地鐵站方向走，問起依若投訴的進展情況。

依若知道，要讓別人對涉及與法律相關的事情感興趣是一件強人所難的事。每個人都面對自己一大堆生活中的難題，自己的事說給別人聽，無非在增加別人的精神負擔，再有

她自己每撩開一次傷口，心中便滲一次血。

但南希很認眞在聽，只是很奇怪地問：他們爲什麼要害你？

這是依若不想說的話題，一言難盡。有些謎團不經過有關部門破解，她也一時不能解疑。調查結果出來之日，方是水落石出之時。

「對抗邪惡，也是在做善事。」依若說時，一種不憤便又在神情中顯示出來。

「人生到最後，比的不是輸贏，而是是否心安。壞人卽使贏了，但良心不安。」

南希把一張名片交給依若，說：這是我的一個律師朋友，姓梁。我跟他說起過你的情況，他說你可以去諮詢他的意見。

一提及律師，依若便心有餘悸，那放大了的吸血般的毛孔形成的一個特定畫面，旋卽在她腦海閃現。

南希似乎猜出了依若的擔憂，說：或是這樣，過幾日我約了梁律師上他的律師事務所辦事，你可以和我一起去免費諮詢。南希說話時帶著光澤的面龐總是溫潤柔和，無論如何都想像不出她生氣的模樣。

依若停下腳步去抓住南希的手搖了搖，一時語噎，不知道該說什麼是好。在人生中的每一個路口，總會有一些人用一個好，駐紮在她的記憶中。以前，她希望自己能發光，能把自己身上的每一縷光撒在行走的路上，如今，她希望自己也能聚光，能聚集四圍向善和德行之光，使福報也能在自己身邊開成一朵花的模樣。

「我也想和你一樣去做義工。」

「聽到你這樣說，眞爲你高興。就目前你的療癒狀況來看，做義工還不是時候。以我的經驗，你還需要過渡一段時間。」

南希從手袋裡取出一本書交給依若。裡面是那位街頭漫畫家的作品，他的語錄，給人溪前聽琴的感覺。只是依若看到新聞，這名畫家最近離開了這個世界。

原來依若每次在小組活動中目光在牆壁上搜索停留的細節，都被南希留意到了。

南希說打算移民去美國，這本自己收藏的畫冊送給依若作紀念。

「你也要走？」依若輕輕問了一聲，聲音裡充滿了依依難捨。她翻開手上的畫冊，圖文並茂的一行文字闖入眼簾：

命運有時似枝蔗
是淡是甜分兩邊
如何選擇如何吃
哪邊在後哪邊前

「主要是去陪伴女兒。親情灌輸給我的含義便是相互陪伴，其他的東西都可以放下。」南希一邊說一邊在手機中翻找出一張圖片給依若看。

依若看到了圖片中的兩個小女孩，看到了那兩行字：十年以後的我們。一百年以後的我們。只是她們的合影被製成了玫瑰紅的書籤。

「韻兒？」

依若激動地一把抓住南希的手，問：這些是在哪兒找來的？

南希拍拍她，說：冷靜。照片中的另一個女孩子是我的女兒，和你的女兒是小學時的好朋友。那天在餐廳，我看到了你手上的相片，但我不知道怎樣告訴你是好。好在我們有緣份。我把這件事告訴了我的女兒。那張合影，我的女兒也保留著，製作成了書籤。我一直在猶豫該不該給你看，但我想，經過了一段時間，相信你的堅強會幫助你走出幽谷。你要知道你的女兒不只是住在你的心裡，她還被其他人懷念。

有淚影在依若眼中浮現。

「我女兒還給你寫了一封信，我現在把信和書籤一起發送給你。」

依若點著頭，不停地說：謝謝！回去慢慢看。她伸手去握住南希的手，在這冬季寒冷的戶外，去感受南希的手心裡的溫暖，有一種感恩與不捨盡在無言中。

離開南希後，依若的腳步被心帶動著，朝向韻兒就讀過的小學走去。

正是放學的時候，路上三三兩兩地走著學生和接送他們的家長或傭人。那些小女生穿著棗紅色背心裙的冬季校服，白色襯衫上佩戴著棗紅色領帶，無一不幻化出韻兒年少時穿著校服的身影。

「你做的好事！」一句嚴厲的呵斥聲引起了依若的注意。迎面走來一對母女，母親正在怒斥她的孩子。可能是有人向家長反映了什麼。依若看見那家長放下手機，停下腳步，把不滿的情緒連水帶泥地向那小女孩傾盆倒過去。那是個小學三、四年級的小女孩，她的嘴角在抽搐，怯生生地看著他的怒氣沖沖的母親。她想起了韻兒，自己也曾這樣吼獅般對她訓斥發狂過。有的內傷要拂落了歲月的塵埃才可以看到深痕。

那位母親顯然覺得自己用發狂還不夠，舉起手掌想要發揮她接下來的餘威。

「太太，不要。」依若捷步走近一個彎腰朝那女孩的身體護了過去。那母親的巴掌懸空停了兩秒鐘後放了下來，臉色一沉，雖沒有說什麼，但把不滿通過眼角放射出來掃向依若。

依落低下頭，沒有看家長，而是看了看那個正膽怯怯盯著她看的小女孩。小女孩水靈靈的大眼睛浮漾著一層淚水。依若努力撩起嘴角向那小女孩憐愛地笑了笑，然後繼續往前走。

以前韻兒每天上學或放學，依若都按時接送。母女倆一前一後通過一座公園，踩著一條石徑而過，風雨同行。韻兒常把小手抽離她的手心，喜歡似小鹿般蹦蹦跳跳地走在她的前面。

石徑旁有一張供人休憩的木椅，旁邊有棵棕櫚樹。那時的韻兒巧笑倩兮，時常躲在剛種植的棕櫚樹後「我在這裡，在這裡」地歡叫。

當初她帶著韻兒走在石徑上，從來沒有想過腳下的這條路她還會和韻兒一起走多久，那時的她還相信來日方長，相信長路漫漫。如今木椅還在，只是重新上了油漆。那顆棕櫚樹已繁茂高聳，需仰面朝天才能端詳它的全貌。看著樹，就像看到歲月如何不顧一切地在瘋長。

在公園旁一所小學校門口的一扇鐵門前，依若止住了腳步。她的腦海放映著往日的畫面：在放學的學童中，一個白裙紅腰帶的小女孩，正背著印有白雪公主圖案的書包滿面帶笑地搖搖晃晃向她撲來，她迅速迎上前……

眼前，只有彩色幻影。小學校門口的花圃還在，只是裡面的開花植物換成了石竹。她守在校門口，靜靜地，看著學生們一個個從校門口陸陸續續走出。

天空下起了濛濛細雨，濡濕了她的頭髮。往事被風輕輕吹送。她明知道等不到她的韻兒出現，可是，她依舊站在校門口沐雨佇立、等待。一直等到校工出現，把一扇大大的鐵門「咔嚓」一聲關閉，一道開啓的往事之門也隨之重新關上。

雨大了起來。她撐起雨傘，重新走進學校附近的公園，重新走上那條石徑。石徑是用齊整的石塊鋪就而成，被雨水一淋，乾淨呈青。

她打開手機，翻讀南希發來的訊息。她看到了玫瑰紅的書籤，也讀到了一張精心設計的卡片，上面寫著幾行娟秀的文字：

親愛的阿姨：

聽到 Wendy 不幸的消息，我很吃驚，也很難受。

我不知該用什麼話來安慰您。

我一直相信有天堂，天堂裡住著好人。

我不會忘記可愛的 Wendy，會永遠珍藏我和她的友誼。

阿姨，保重！

眼中的淚水浸濕了傷口，令她的右眼感覺到刺痛，但她一任淚流。

「我在這裡，在這裡……」雨中的風，彷彿在追逐著棕櫚樹後韻兒那遠去了的輕柔的聲音。

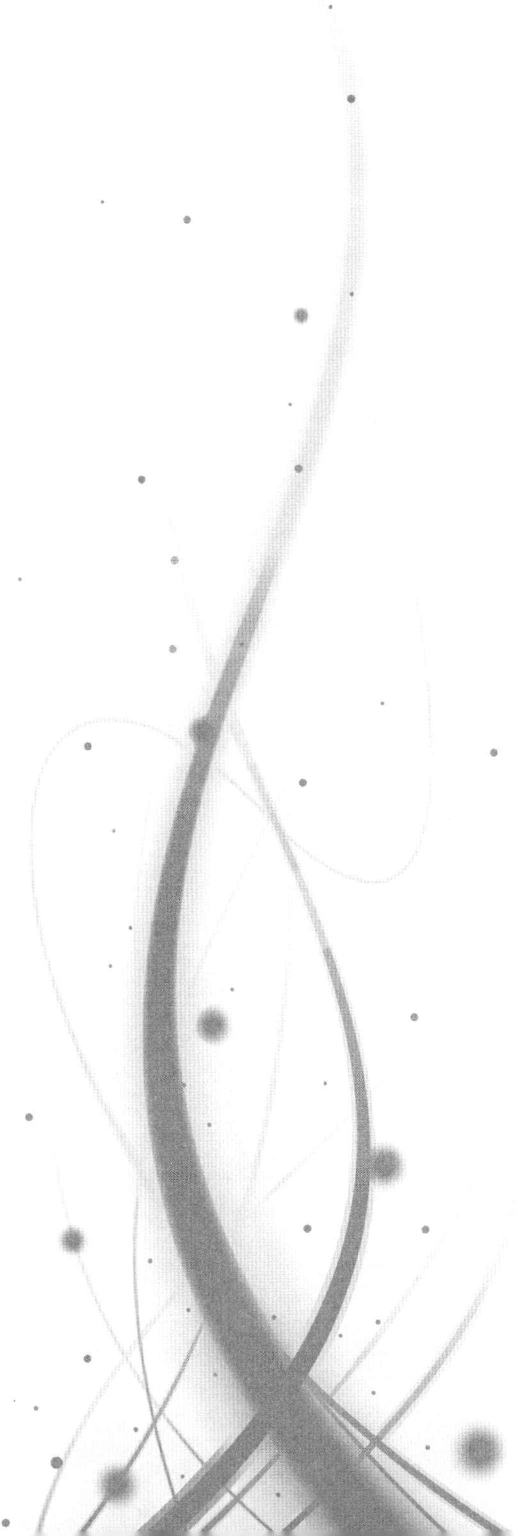

第十章　人散曲未終

每逢宴散意闌珊，
紅綠霓虹映趣談。
歲末城南多舊事，
傾杯飲醉忘天寒。
——〈歲末〉

一手是得，一手是捨，無論你得到多少，都要捨得一一歸還

一如既往地每天被痛醒，這已成了依若每日晨起的常態。

她已把韻兒畫的「媽咪的玫瑰屋」過好膠，製成圖片，擺放在窗臺上，成爲室內惟一的裝飾物，每日起床都可以看上幾眼。她甚至能想像出韻兒用粉嫩的手指繪畫時的專注神態。

只要雙眼觸及「媽咪」兩字，愧疚之情就如噴泉從她的身體的每個穴位湧出。

兩天前，南希去了一家律師事務所辦事，依若也隨同去了。這回她懂得問一些關鍵性的問題了，她也懂得深奧難測的不是法律本身，而是自己走近法律所經歷的人和事，因爲不懂，才衍生出令人匪夷所思的事端。

律師事務所，這是她去了又去的地方，只是掛著的牌子都是一樣的金燦燦，所不同的是地點不一樣，遇到的律師不一樣，折射出來的人情人性也不一樣。在這個習慣以職業爲標籤給人注冊的社會，好人和壞人大多被職業定性了。法律離她很近，又似乎很遠。一宗並不複雜的離婚案花了大量時間，被精通法律的律師處理得撲朔迷離。她像鑽入迷宮一樣始終難明究竟。走近法律，卻最終成爲受害人，感覺中像是被人攔腰一刀後，拋入萬劫不復的深淵。

她想優雅地生活，想對世上所有的事物都溫柔以待，她一直嚮往著能活成小家碧玉一般，嬌嬌羞羞地獨抱琵琶半遮面地去做女人，可是生活一個急轉彎，這個水泥鋼筋混凝土砌成的社會，硬生生把她錘煉成一名奮筆疾書、大聲疾呼的不披鎧甲的「勇士」，單槍匹馬，無畏無懼。她投訴時所寫下的每一個字都傾注了勇氣、毅力和決心。

她在記憶中，在厚厚的案宗裡尋找線索。她意識到有人之所以身在行叢中膽大妄爲，是因爲他們做過了就不怕再做。站出來，追究，不放過，其實是在爲下一個受害者擋無形的邪惡的子彈。只是，在這個有錢才有力量的社會，對於普通人的疾苦和疾呼，貫穿在大多數人的無動於衷之中。以前她是一個只懂得讀聖賢書的人，現在才知道，只要活在世上，許多無辜的人的痛癢卽使不直接也會間接和自己相關，因爲你不知道人爲的災難的石粒何時被人拋出，又何時會砸在自己身上。

她需要補充法律知識，在她理解中的法海律典中剝皮抽繭，需要謹慎縝密的邏輯，才能一掃謊言，狡辯，變相恐嚇的陰霾。南希在和梁律師交談時，依若把腦海中閃現的幾個準備諮詢的問題過濾了一遍。在這漫長的六年官司中累積了太多的疑問，其中經歷的萬般磨難說出來可能令人難以置信，有些疑問無時不刻不在噬咬她的內心。

等南希辦好了法律上的事宜，時間留給了依若。她看到了梁律師向她投來的目光。這目光這樣的溫和而透明，沒有盛氣凌人，沒有躲閃不定，讓她能夠在不緊張中清楚地表達自己。

「法院的聆訊令律師可以不傳達嗎？」

「不能！」梁律師的回答很肯定。

她並不缺少防犯意識，在這個光怪陸離的大千世界，她可以懷疑黑社會，但惟一最信任的就是法律以及執行法律的人員，不然她不必去找他們爲自己提供服務。最初朱律師爲她設計案件的處理方法時，她是嗅出了那麼一些怪異的，剛提問就被胡助理以「請讓朱律師講」而制止了她，他的眼神無不在提醒她在律師行律師就是權威。再有她不願輕易去懷疑根深蒂固地存在於認知中的執法者正派和明朗的形象，卽使是明誠也沒有第一時間去懷疑爲她辦案的律師，而是問：是不是你的案子太複雜了？

後來被案件拖得焦頭爛額的她，在韻兒一次次「媽咪，我們什麼時候可以住進自己的房屋」的催問中，曾飲泣向這些她花錢請來的律師查詢，換來的卻是一次又一次徹骨冰冷的敷衍回應：「案件在處理中」，「正在等法官的批示」。

如今遭遇到了致命的一擊，她的生存意識不時被受到的傷害所釋放出的怒燄炙烤。她清楚地知道自己在跟狼對決，慨而勇往，僅有膽是不夠的，如果沒有足夠的識，公義仍會離自己很遠。

「如果律師不傳達法令，這是一種什麼性質的行爲？」

「這是一種瀆職罪。」

「有關部門會嚴肅處理嗎？」

「如果查實，有關部門會嚴肅處理。」梁律師的回答簡短，但在依若聽來，字字鏗鏘作響。

「這是一種罪行？」

「對！」

「有關部門一定會嚴肅處理？」

「會！」

她還有問題，聽了梁律師的回答後她已經有些激動，沒有再繼續問下去。

這是這個社會向她釋放出的最善意的訊號，令飽嘗迷茫和困苦折磨的她能夠感覺到世上還有正氣在浮蕩。在無邊的黑暗中似乎看到了一點亮麗的希望，淚水在她眼眶中打轉，她努力不讓它掉下來，就像當初捂著苦痛一樣，卽使捂出痂不是時候不是地方也絕不會放聲哀號一樣。

活下去的動力令她的左手指握出了關節的響聲。

當初自己一次次當著胡助理的面宣讀誓章時那種新奇、激動，甚至還帶著神聖的心情，如今想來，就如在騙徒面前宣誓要眞誠做人一樣，是一種滑天下之大稽的黑色幽默。

她的離婚案被處理得盤根錯節，她領略到的變戲法，她遭遇到的驚恐萬狀，她感受到的光怪陸離，無論如何都不能用幾句話來簡明扼述，一定需要拓展人的無限想像空間。案中所付出的無論是財力、心力還是精力，對她來說都把她逼近死亡的臨界點，生命似乎只剩下一堆骨架，隨時轟然倒地。

社會的可怕不在於黑是黑，而是本來該白的地方比黑還要黑，黑得讓人說不出，點不到穴位，所以就一直黑下去，還黑得理所當然。必須有人站出來，爲了讓其他共命運的人們避免遭遇相同的黑暗。

古人有訓：「婦孺不欺」，這些所謂的執法者既敢冒天下之大不韙，還會有什麼不敢做？即使她用一百種善良，都無法描述這些所謂的執法者的所做所爲。明裡害人還是人，暗中害人已失去人類的屬性。如果一定要她來總結自己的失誤，那就是她被外衣所迷惑，低估了人性中的惡。

她遺憾的是沒有一早遇到梁律師。她覺得離婚是隱私，不必讓更多朋友知道，也就沒有多問幾個朋友。她以爲只要走進律師行，法律之光便會對著她照耀，可是，世界並不是她以爲的那樣。

「怎麼樣，梁律師不錯吧？」走出律師事務所時南希沒有忘記讚幾聲梁律師，因爲她知道了依若的遭遇，有了比較。

那些生活中或悲或喜的故事，倒入回憶的杯中，全都沖泡成了被時光映紅了的酒，飲是自己的，不飲也是自己的

社會上的動盪在衝擊她的思緒。她想從自己的悲苦中脫離出來，去感受一下外面的世界。她突然想到要去一個地方，說去就去了。她在用行動點明這個社會新聞的關注點。

她走入這座城市一所著名的學府，這是韻兒曾經夢寐以求的學習的地方，她一直以爲韻兒有一天會走進去。

門口設有哨卡。校園很靜。她繞了幾道彎，來到一個環境優美的地方——蓮花池。這裡是她一來再來的地方。

上個世紀的七十年代初，這所大學的莘莘學子們就是站在這裡參加保釣運動，讓世人看見，他們在爲中國爭取釣魚島主權。歷史，總會在一些特定的時期，讓一些人挺身而出，不負使命，爲社會擔當道義，引領社會良性發展。

學生們站的地方，當時是一片沒有整修過的凹凸不平的泥地，如今修成了綠蔭環繞的蓮花池。

她沿著用鵝卵石鋪就的小徑走下去。一位老人正在清掃小徑上的落葉，見有人過來便停了下來。她以爲他會抱怨她防礙了他的工作，沒想到他連聲對她說對不起，還說希望不要弄髒她這麼好看的衣裙。她從心中謝謝他，說：不會弄髒的，我喜歡樹葉。文化是相互浸染的，她想。這位老人所表現出的禮儀無不帶著這所校園的水木清香。

池塘不大，蓮葉田田，水清魚游，一池粉荷還在嬌嬈地盛開。

不知怎麼，她在蓮花池旁來回踱步，無數個來回，仍意猶未盡。已是入秋時節，午後的陽光把她的身影拉得很長，投在蓮花池中的碧葉粉蓮上。

手機在響，她正在端祥蓮花池旁的孫中山先生的銅像，連響了兩次後，她才去接電話。

「是依若嗎？」電話中傳出一個親切的極富磁性的男中音，像是從空谷或天籟傳來，久遠得帶著仙氣。

「你是哪位？」

「你猜猜我是誰？」那聲音明顯地帶著笑音，甚至通過聲音能簡單勾勒出一張親切的神采煥發的面孔來。

「猜不到。」她沒有心思去猜。

「喂，喂……」雙方都聽不清對方，電話突然間中斷。

是誰打來的電話？她猜想了好幾個人，但不知哪個才是。

她照著手機上顯示的電話號碼撥打回去。接電話的是一名小姐，說是某家酒店大廳的服務人員。

曉峰，美國，開會……

她把斷斷續續聽到的詞彙重新組合了一下，再猜了一次，還是沒有立卽猜出是誰。生活中的謎團太多，她害怕猜謎。但她有一種直覺，這個電話還會再打來。

離婚，看似簡單，背後不知糾結了多少的愛恨情仇

這是週末，社會運動席捲了這座城市。地鐵站有許多被破壞的痕跡，有些出口處被封住了。

依若不想回到室內，她需要走動，不然內心滲血般滲出的疼痛隨時把她活埋。走出大學後，她去了地鐵站，想多坐幾站地鐵後，去百老匯戲院看場電影。

出站時，聽到有人在叫自己，她停下腳步，看到一個梳著短髮，體型微胖的女士向她走過來。

她努力在想，她的腦海已能夠不費力地呈現清晰的畫面。是溫太！上次在診所依若見到過她。以前她們是樓上樓下的鄰居，她爲溫太的女兒補習過中文。爲了一對兒女，溫太曾放棄了在私人醫院做護士長的職務。溫太一直說要離婚，並竭力鼓勵依若走出失敗的婚姻。

一番噓寒問暖之後，溫太說自己的女兒剛考入大學，兒子不爭氣。怎麼樣的不爭氣，她沒有說。接著問起韻兒，在溫太的印象中，韻兒很乖巧，很愛看書。

「你女兒在哪所大學讀書？」

依若怔了怔，把韻兒生前嚮往的憧憬編織出來，說韻兒去了外面讀書，她說想當醫生，救護病人，她現在正在努力。她想像著她的韻兒還在世上的某一個地方快樂生活著。

「離婚了嗎？」溫太又問。溫太的臉有些浮腫，即使戴著近視眼鏡，鏡片後的眼睛也看得出腫得細成一條線。

依若沒有點頭也沒有搖頭，只是問：你呢？

溫太長嘆了一口氣，搖了搖頭說現在還不是時候，以前是希望一雙兒女大一些再說。

現在子女大了，應該可以了吧？最近檢查出得了很嚴重的婦科病。「氣的。」溫太說等病好了一定離婚。只是什麼時候病能好，連醫生都不一定能預測得到。

依若看著溫太說起離婚便顯得激動的神情，如果誰要告訴溫太可能永遠也離不了婚，恐怕溫太接受不了。只是，現在依若感到自己人前失語，無論是她想問點什麼或聽溫太說點什麼，繼續站在這裡，都會令她情緒出現問題，她借有急事離開。

「我一定要離婚！」依若的身後傳來溫太堅定的聲音。同樣的聲音她多年前聽過，現在再聽，聽出的是一種悲涼的感覺。有的人的一生被一句話鎖定，把自己裝在婚姻的匣子內動彈不得。現在無論是有關婚姻還是子女的話題，依若覺得自己都沒有資格去安撫別人，因為她本身就是這方面失敗的版本。

夜，很靜，靜得全世界都可以聽到聲音。她所看到的，總是和想像的不一樣

她看的是韓國片，是一部超現實的影片，帶給她的震撼就是：如果人性選用了貪婪、虛偽，甚至邪惡捲出來的香煙，只需狠命吸上一口，各種災難便會紛紛出籠呼出鼻孔，危害他人。

她以為看完電影就可以躲開社會上的紛亂，誰知道一回程，又走進了這座城市的悲情中：許多條線路的地鐵停駛。有些路段封路。動蕩中的這座城市，市聲依舊，只是空氣中的濕氣像是粘黏上了不同的浮塵，顯得有些沉重。

她懷著僥倖心理坐進了通往她住處方向的地鐵車廂。車廂內乘客寥寥無幾。她心想：這車上最後一批人到哪裡出站，她便隨行。還差一站就到時地鐵不再前行了。有一中年女子去和地勤人員爭吵，聲嘶力竭的聲線，衝擊著一衆不知所向的乘客繃緊的神經。

她想出的站口不讓出，便跟著在地鐵站內積聚得愈來愈多的乘客來來回回兜著轉，原本便捷的城市交通四處受阻。她的內心沒有著落，很怕人群中發生推搡，甚至突然有人行兇。謝天謝地，沒有。有學生模樣的年輕人在站內維持秩序。那是些稚氣的臉孔，有的還帶著幾分清純。她在站內的一個多小時裡，驚張又疲累，不知道那些年輕人是帶著什麼樣的心情，以及要消耗怎樣的體力去做可以支撐他們信念的長時間的抗爭。

焦慮不安之中，一股濃烈的怪異的氣味刺鼻而來，嗆得人難受，那種味道是平時想像不出的，即使戴上口罩，也令人想作嘔。這時左上方的站口有一群學生被催淚彈逼入站內，他們不斷咳，說話聲音也嘶啞。

「快走，你們快入閘。」這時有年輕人跑過來指向入閘處，打著手勢指示著大家。那種溫和的態度，和警方對峙時憤怒的神情截然不同。她最初建立起來的是非概念迅速分崩離析。這個社會究竟出現了什麼樣的錯誤，需要這些年輕人用單薄的身軀去迎對？作爲他們的父輩會怎樣想？

大家忍受著恐懼和不安。在人群的一陣騷動中，一個載著頭盔的學生模樣的女孩出現在依若面前。她穿著淡藍色上衣，白皙的肌膚，清秀的面孔，好似韻兒的面影在她眼前搖晃。那女孩把手上抓著的一把帶紫紅色的八達通單程票一一發給大家，催促著說：用它，快走！你們快入閘，裡面安全。

正在依若出神地打量著女孩時，有人在不遠處急聲叫：貝妮，貝妮！快過來！那女孩一個轉身，背著她藍色帶碎花的背囊一搖一晃地跟著其他幾個女孩在向另一個站口跑去。貝妮，好熟悉的名字！依若想起了山上看到的那隻西施小狗，還有那個叫阿聰的年輕人。再回頭，那女孩已消失在暗淡的燈光下快速穿行的人流中。

後來，終於有一個站口可以出入。依若走出站內，在兩站之間的街道上走了半個多小時，連驚帶累，感到疲憊不已。四處散落的物件，在提醒她之前發生了什麼樣的衝突。那些成罐的滅火筒，半折的雨傘，零散的鞋，排中橫豎的雞蛋，路邊被撬開的地磚，在見不到一輛車的道路上，無聲無息地抽象成一幅巨大的畫面。這是一幅寫實畫，帶著這座城市的特色，帶著這個時代的風格，只是沒有帶給她感官上的審美愉悅，而是視覺沖擊出的深層次思考。

回到室內，收到明誠的三個短訊，問她是否到家。依若這時才看了看時間，已經過了晚上十一點了。

她呆呆地在床沿上坐了一會兒，地鐵站內發生的一切還在腦海滯留不去，尤其是那個叫貝妮的女孩，有幾分韻兒的神態。她沒有心思做任何事情。

她站起身來，依著那綠色的窗簾，望向窗外。她看見了遠處點點燈火串成的海岸線。她把窗戶推開，室內的冷氣跑出窗外，陣陣濕熱的海風迎面吹來。綠色的窗簾飄拂著，像是隨著一隻曲子的旋律曼舞。

她在想，每個人都站在屬於自己命運的窗前，總有一些無法知曉、無法猜測的東西，要等黎明到來時才能看清。

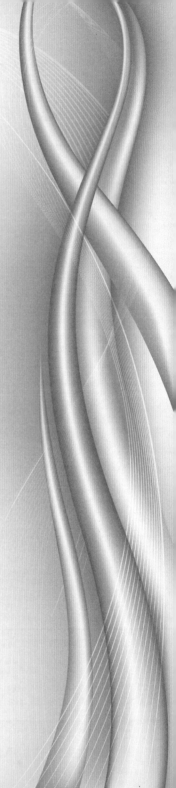

第十一章　秋水長天

去年隔簾桂枝香，
今夜笙簫動曉窗。
把酒種菊皆是客，
寒山何處望春江？

——〈望〉

歲月，可以把生命壓扁成一個平面，也可架起成爲立體，取決於生命的質地

秋天的山野，崎嶇的山路上一前一後走著兩個人，由遠而近。

這是明誠和依若去年的約定：一年後的秋天去爬山。

南方秋野，依舊風光旖旎，依舊晴翠盎然。山野中，蟬鳴四起，溪水吟誦。

倆人在山腳下都戴著口罩，到了山腰，吁吁的氣喘聲令依若想到這是野外，可以除去口罩。口罩一除，瞬時人變得輕鬆了很多。

有一種新型的病毒——冠狀病毒，奇襲著人類，奇襲著這座城市，在把人和人隔開。最初，只有少數人戴口罩，這些少數人士便被視爲街上的「異類奇觀」，隨著疫情氣勢洶洶地蔓延擴散，越來越多的人染上了病疫，不戴口罩成了人們聲討的對象。要在病毒跑到眼前了，人們才會多一些警醒，才懂得恐慌。

任何災情，都有人倒在最前面。因爲有人倒下，才敲響了警鐘。救治一個病人，就少一個傳染源，救人，其實在救已。遭遇過人禍，面對天災，依若發現自己反而能以一種舉重若輕的心態去面對了。面對人禍，她一人在支撐，而應對天災，有群體的力量。

人生，是可以活明白的，活明白了，就不會再喜歡大紅大艷的東西，也不喜歡熱熱鬧鬧的場面。現在生活對於她來說簡單就好。只是不知閱讀了多少人生複雜的段落，才開始領會「簡單」這樣的生活主題。

她來，想在光中照影，在水中濯足

「讓你帶路，怎麼好像總是在山腰轉圈一樣，一直在半山腰上。」明誠一邊拭汗一邊說。爬山，他顯得文弱了一些，有時候跟不上依若的步伐。

「快了，快到了。」依若停下腳步，看了看周圍的群山，一本正經地說。

「這句話你說過很多次了。」

「你可以帶路嗎？」

「我怎麼帶路？你說你來過，我不熟悉這裡。」

「好，前面是叉路口，是繼續往前走，還是往上走？」

「當然往上走，不然又是繞來繞去。」

「往上走，會辛苦很多，這座山高。」

「來，就爲了爬上山頂，累就累吧。」

「如果覺得累，現在可以選擇下山。」

「有沒有搞錯，都快到了，下什麼山？」明誠的語氣中有一絲不滿。

她倚在路邊一塊石頭上，看著他笑了起來，一邊笑一邊擦著從墨鏡下滾落在腮邊的淚水，說：我就是這樣被那些所謂的執法者逗著繞圈，陪他們玩法律遊戲的。先用「迷魂陣」，讓你相信他們，接著一次次讓你補充各種資料來「疲勞轟炸」，然後用「正在處理」、「快了」的謊言實施「拖延法」，等用漫長的時間把你耗得精疲力盡時，他們再連施小計，讓你不知不覺成爲他們刀板上的肉。這樣的用心是不是還不夠險惡？

斷章取義，偷換概念，因果倒置，混淆邏輯，這就是那些人渣想爲自己脫罪的手法。

「當有人心術不正，總找得到理由甚至製造得出機會來害人。別忘了，我走近的是法律。」一說到法律兩字，她停了停，內心閃過一排陰影。

法律這個詞彙對她來說，是她各種情緒百般糾結之處，當初她飛蛾撲火般走近它，如今卻成了執法者手上的受害者，一般寒氣不由從心底生出來，令她打冷顫了。

明誠聽後點了點頭，說：你是他們手中的羔羊，捉住了不熟悉法律的你，便任他們宰

她點了點頭，停下來喝了幾口水，唇中氤氳繚繞出一股還未消散的怨氣，說：他們膽大包天。問題是怎麼會有這麼多灰色的地帶可以讓他們瞞天過海，有機可趁？他們做起來

臉不紅，手不軟，你以爲只會有我一個受害人嗎？

明誠知道她嘴裡的「他們」是些什麼人，緊追幾步，上前拍了拍她的肩膀，似在安慰她，問：投訴進展如何？

「目前調查委員會在跟進。」

根據目前掌握的材料，案情可能比她想像得要複雜，但有一點可以肯定：有人在利用法律玩遊戲。她相信如果她把內幕公佈於衆，無外乎這座城市會多一則爆炸性的新聞，但如果人們意識不到別人災禍中背後的問題，無非只是增加人們茶餘飯後的談資。

她的眼前閃現出自己一次次流著淚打電話去向爲她辦案的執法者請求不要再拖延時間的情景，因爲韻兒精神狀況出現了問題，那些執法者的冷血的態度令她至今回想起都不寒而慄。

「人性如果不被規管，人比豺狼還要獸性。」停了停，她又補充了一句：人的獸性的發揮，離不開環境的豢養。

「希望天地有公道。」

「會有嗎？」

「一定有公正的法律人！」

他回答得很認眞，他不止一次這麼回答她。他是眞心在關心她，這點，她能感受得到。

這時有一隻野豬從前面的樹林中穿過。

她稍微有些緊張。明誠把她護在身邊，說：不要怕，野豬走直線，不要橫著去擋牠們的道，牠們就不會衝撞人。

「第一次聽到。」

「這是野外登山的小常識。多點防範意識，可以躲開一些傷害。」

「不過，我知道，打蛇要打七寸。」她深呼了一口氣。

一提起野生動物，她的腦海甚至零亂地呈現出一些畫面：獅口大開，豺狼虎豹，鹿死誰手……這些畫面最怕轉換成人類的殺戮場面。她聯想到了叢林法則，以前，這是一個抽象的概念，如今從人禍中走出來，令她感覺到她就走在這樣的法則中。

她停下腳步，說：你我都是叢林法則中在圍觀者面前被恃強凌弱的狂獸撕咬的小動物。

她的這句話，明誠一時沒有聽懂。

她身著裙裝，肩挎一個花式帆布袋，左手提一個印花塑膠袋，兩個袋裡都裝有途中需要補給體力的能量食品。她正走得嘿哧呼哧地喘著粗氣。她留意到明誠穿的是黑色T恤，不帶條紋的。

他見依若在詫異地看他的服裝，便笑了笑，說沒看最近的新聞嗎？法官的判詞：不應將穿黑衣的人隨意視爲參與暴動。

她沒有回應，那個有著自然卷髮的阿聰的面容在腦海中閃現了一下，不知道他現在在哪裡？境況又如何？

沒有誰比她對法律二字領會至入骨般的深刻。法律，離誰都不遠。一個社會不僅要有公正及昌明的法律條文，還要由職業操守一流的執法者來執行，才能不偏離正常的法律軌道。

「一次犯罪污染的只是水流，而一次不公正的司法污染的卻是水源。」

「想不到你說出這麼有份量的話來。」

「是一名美國法律人說的，我在引用。」

她只是希望，能夠有更好的監管機制能夠確保法律不違背天理而運作，能夠讓相信法律並走近法律的人們，不要再像她那樣的痛心疾首。

「需不需要……休息一下？」明誠轉移話題，希望她在山上能夠放鬆，擺脫追著她不放的內心的陰影。他想幫她提袋子，被她擺手拒絕了，說越停越累。慢慢走，就不那麼累了。

這時，有三名行山人士從山上下來，依若迎上去和他們打招呼。看到依若的著裝，他們笑著說：「你哪裡像是爬山，好似去逛街。」

依若一邊用手指梳理被風吹亂的頭髮，一邊回應：「我這是去和大山約會。」

他們和善地說：到了山頂要記得往右邊那條路去走可以直接下山，往左走會轉到另一座山上。

沿途不缺少指路的熱心人。倆人點頭致意。

對她來說，所謂的行路難，不在山不在水，而在翻手爲雲覆手爲雨的人世間。她看到路邊有一叢粉色的野花，伸手去輕撫一朵。

花開花謝，都是悄然。

經過生命中的大傷痛，她對幼小的生命有了更多的憐愛，對萬事萬物都有了更深的理解，她相信世間萬物都可照見人的內心世界。

攀過一塊岩石，野生的藤蔓伸手搭臂，勢要阻止他們前行。這時明誠走在前面，他的行山杖起了作用。他手腳並用，一撩一踩中，爲依若開出了一條路。

終於來到山頂。山風習習，樹搖枝擺，眼前一片天遼地闊。

依若放下行裝，幾乎呼叫起來：「好美的風景啊！你看對面的山如仙女倒臥。快看，遠處海上飄浮的雲像是仙氣在蒸騰。太美了，快幫我拍攝幾張。」說完，便擺好甫士。她發現自己一到野外，世界就是她的了，人也變得隨性，沒有太多的約束，笑，不必掩口；哭，不必避人。

明誠好長時間沒看到依若這種自然歡快的狀態了，一拍起照來，她完全換了一個人。他幫她連拍了好幾張。

「我就知道，到了山上就是你的世界。」

「沒辦法，骨子裏的東西。」

「假如借你一段青春年華，你會怎麼做？」

「我依舊是想來山上看山花，想去海邊踏海浪。」

其實她心中的痛還在繼續，只是她已經活了過來，對愉悅有了心靈的感應。山風吹得她長髮飛揚，裙裾飄舞。

明誠看著她在風中搖曳的身影，停止了拍照，說：風中的你很迷人，歲月在向你讓步。她想說我滿懷深情地活著，不是因爲生活如詩，而是我的心中有詩，可是她說不出來了。她朝向遠山收起笑容，幽幽說了句：鳳凰浴火重生。又說：我們不能只知道自己如何來，也該知道自己如何去了。這是一種對生命的認知。

她在重新認識生命，不會不遺餘力去做事，也不再與人尺長寸短錙銖必計，因爲生命有限。她拍攝了好幾簇花叢，那些花定格在了她的鏡頭中。花開有季，再怎麼鮮燦的生命也留不住永遠。

知秋不說秋，說秋不是秋

如今登山，她像是來告別一樣，告別一花一葉，一川一嶺。她知道一切的一切，聚是偶然，散是必然。

她看到了一枝紅葉，細細的一枝，那不多的葉在晴翠的簇擁中更顯得紅。她輕輕伸手撫摸它的枝。有一葉枯捲了，不斷地在枝上打著圈兒，只要蕭蕭一陣風，葉可能會隨時飄落。或許悲哀仍蒂結在她的心中，看到這片枯捲的紅葉，她的內心彌生出一種蒼涼的感覺。

她說：花開生命在，花謝涅盤來。盛裝生活的器皿是我們的生命，可是我們常常關注的是生活中的有和無，而忽略了生命本身的來和去。

她相信萬物都有靈性。明誠也信，說：現在有學者在作研究，嘗試和樹木對話。

在這午後的光照中，她抬眼去看他，以前她很喜歡看他笑時的樣子。她發現他和自己一樣，越來越少笑了。或許自己的心情影響到了他，又或是倆人的生命都隨著內心在作某種意義上的回歸：平靜，從容，才是生命本來的模樣。

她在草地上席地而坐，他也坐了下來。

他扭過頭來看著她，說：我兒子已從國外回來，我可以搬出來住了。

明誠每一次見面，都想進一步向她走近，那眼神傳達的溫情用心在尋求和她同頻率的振動。她以前只要能感受到他的一點鼻息就會有的身體感應，那是以前。如今這樣的感覺似乎沒有了，她甚至有些擔心以此測出了自己身體上的荷爾蒙分泌失調，或是自己的肌體的敏感度正趨於老化。

如今，經過那麼多刻骨銘心的人生洗練，她能夠覺察出自己情感世界的原野上已荒涼得幾乎見不到花紅草綠。時間，是明火上的罐子，熬著彼此的心情，放入藥材熬成藥，放入食材熬成湯，這人生的況味只有自知。

「你太太那裏……」她沒有他想像的那麼激動，反而多了一層深思熟慮。

明誠扶了扶眼鏡，遲疑了一下說：應該沒問題。她也說對這段感情已經死心了。兒子是她生命的全部，我留在那裡只是多餘。不過她最近被驗出……

「什麼？」依若的心緊了一下。

絕症?癌症?沒有一個這樣的消息會令說者和聽者舒服。

「腫瘤。」

任山風呼嘯了一陣後，她喃喃地說：我的命典中許多事情都帶著戲劇性。她不能不相信命中的東西，當韻兒離去前留下兩個證據令她有機會去投訴；當她走進法律卻成爲被害人；當她一心向陽地生活卻跌入黑暗的深淵……那是生活中的無可奈何，不可逆轉，難以抗拒，面對生活中的萬般艱辛，更多的時候不是你想怎樣，而是你又能怎麼樣！

有人說每個人都是帶著使命來到這個世界上的，如果眞是這樣，那麼韻兒的出現是來拯救她的，催她醒悟，促她轉彎，助她懺悔，教她認輸。她沒有毅力再去和命運較勁了。

無論如何，不違心去生活是她一貫的選擇，也是她做人把握著的標尺。

她眺望遠方雲煙縹緲處。走過了花草遍地，便能夠讀懂荒蕪；看過了海闊天空，便懂得了雲淡風輕。誰都想守住心中美好的風景，可是，又如何守得住！風要來襲，雨要來淋。心，強大時可以抗擊人世間的暴雨，可是脆弱起來經不起細微的風吹。

人生是分階段的，詩和遠方，屬於她生命中的過去式，不是悲觀，而是認清了現實。重新看待自己，重要的是她不再死去活來地一味悲痛下去，她在重振生命的活力。

「你的生活中眞的不想要男人?」

「哪有不想，只是不能如願。」

「爲什麼不讓我走近你？」

「因爲你是別人的老公。」

「我可以離婚。」

「她現在需要你陪伴。」她停了停，說：不要重複我的感覺，心債難償。

她曾經是篤信世界美好的理想主義者，如今，那些理想不知不覺都化成了一串串的泡沫。她不知道什麼時候開始從對愛情的滿懷期待中退了出來，沒有了迷戀，也沒有了執著。

「有沒有想過移民？」

「去哪裡？」

「台灣。」他握住她的手，想用他的情意融化她內心的堅冰，說：如果你去，我也去。我們一起去。

他們曾經約好一起去台灣旅遊，最終沒有同行，各有家室，想要隨意爲自己活一次談何容易。

她看了看明誠期待的目光，一時不知該說什麼。只是說：現在有很多人移民走了。生命若浮萍般，喜歡哪裡就往哪裡漂吧！能讓一顆心安放的地方就是家園。表姐要她去加拿大，而她想找一個地方，爲女兒建一個墓園，一直都那麼在想，有一塊墓地，可以放下十九朵玫瑰。她還需要留下，討回公道是一條漫長的路。

如今，她越活越沒有什麼要求了，她不相信什麼來日方長，她只想把手上的事情一件件地做好。據說上天給每個人的好東西都有限額的，如果超額了，便會讓人用另外的方式去償還。她把自己的女兒都賠上了，只能這樣想：自己一定在什麼地方太貪心了吧。

明誠說：三千繁華，彈指剎那。

「要學會放下。」

「放下不是放棄。」

她沉吟了一下，想起了什麼似地問：民間流行音樂在大陸叫民樂，在這裡叫中樂，在台灣叫什麼樂？他想了想說：在台灣叫國樂。其他華人區呢？他又想了想說：南亞華人那裡聽說叫華樂。她像是發現了什麼，說：把這四個地方民間音樂的叫法加在一起，可以組成一個專用的名稱，你可以試試。他組合後笑了，說：不可思議，很有意思。

她打開手機中的音樂鍵，一曲「秋水長天」的樂音響了起來：

依舊是秋潮向晚天，
依舊是蘆花長堤遠，
多少雲山夢斷，
……

這首歌在她手機中儲存了很多年。她是來到這座城市後才聽到這首歌的，一聽就喜歡，很有意境。現在，秋天，此時此景，好像和過去了的某個場景在做切換。誰是誰的戲？誰是戲中人？

他聽了歌，說：在台灣讀書時就會唱這首歌，很喜歡，是一部電視連續劇中的主題歌曲。

她說：自己用它的曲，填了新的歌詞，歌名叫：蒼山路遠。寫得不一定好，但適合上山來唱給自己聽，這叫老歌新唱。她輕輕哼唱了起來。她的歌音很好聽，對他來說是一種享受：

曾經說夢是我行囊，
帶著它走向遠方。
踏上一條憧憬的路，

第十一章　秋水長天

曲曲彎彎又漫長。

一腳踏出關山萬里，

回程不再是當初的少年。

風搖林木動，在應和她的歌聲。久違了的帶著草木芳香的感覺好像重臨。過去和現今在某個地方似乎有銜接，讓人分不清自己是某個故事中的人物，還是某個故事中的人物就是自己。人們一代又一代，重複演繹著相同的劇情，相同的心境。

明誠仍在期待，不想為這段感情輕易劃上一個休止符號。有關感情世界，什麼利己主義，功利主義，單身享樂主義，許多人都在找尋快樂的法則，怎麼快樂怎麼過。可是她是異類，她說愛情是限量版的。

他看著她，她眼望遠方，群巒疊嶂。她的眼神沾滿了回憶，穿透空氣，伸向虛空，無邊無際。

無論誰如何會秀，如何口若懸河，都無法確切描述，歲月之河怎樣在靜靜地卻是無情地流。

她用手輕撫著身邊的草，眼睛掠過跟前的青草，望向前面一片草叢。定定地望了一會兒，她起身走過去，說：快來看！快來看！她在向明誠招手。

「含羞草，含羞草呀！」她的眼神閃爍出光亮。

「是含羞草嗎？」明誠看著那株翠綠色的植物，細長的葉片像女孩微微曲起的纖纖玉指，均勻而排列有緻地分佈在枝莖上。

「你看。」她用手觸及葉片，那葉收合起來，其作態極像一名含羞的女子。

他知道她在想韻兒，於是告訴她：聽說韓國有電視台採用VR技術，根據當事人提供的資料，幫一位失去孩子的母親創造和孩子見面的虛擬場面，讓失去的孩子以某種形式存在，甚至母親和孩子可以展開對話。

依若點頭說：從新聞中看到了，希望這種科技能得到更廣泛應用就好了，如果能夠，我也想嘗試。

明誠說：生命之河不會斷流，不會被高山阻隔而是穿山過石綿延無際，永不停流。

她點點頭說：我信！

他們一起望向遠方，雲水相連，浩瀚無邊。

轉身煙雲萬里路，揮手海天一線隔

她手捧十九朵玫瑰，正向一座墳塋走去。那裡，遠看有正在生長的一排綠色的小樹，

第十一章　秋水長天

那些小樹上開滿了白色的小花。

「如果有一天媽咪很老很老了，我的韻兒畫什麼畫兒給媽咪呀？」

「我會買花送給媽咪，買三十六朵玫瑰。我的媽咪不會老，永遠永遠三十六歲。媽咪，你喜歡嗎？」

「喜歡，喜歡，我等待我的韻兒送花給媽咪，我的韻兒快快長大……」

在一片綠茵茵的草地上，繁花遍地，天空瑩瑩的藍和草地茵茵的綠溫柔地連在一起。

她看見她六歲的韻兒梳著童花頭，穿著花短裙，手搖著繪好的畫，喊著「媽咪，媽咪」，撒開小腿，向她跑來……

她看見那個穿著白色校裙的韻兒，束著紅色腰帶，手拿著一本書，馬尾辮一搖一甩，帶著少女的嬌羞，向她跑來……

她看見那個長髮在風中飄起的韻兒，穿著白衫綠裙，身姿娉婷，手捧著三十六朵玫瑰，帶著笑，向她跑來……

天地萬物一片風和日麗，每一縷清風都播散出玫瑰花香，每一束太陽光中都盛開著一朵朵嬌艷的玫瑰。

雲湧，風起。天地之間，有雲的舞蹈，有風的歌唱：

有誰看見零落花瓣，
重新在枝頭綻放？
有誰看見巒雲紫嵐，
變幻縈聚不飄散？
途中紛揚思念的雨啊，
如花笑靨盛開在心上……

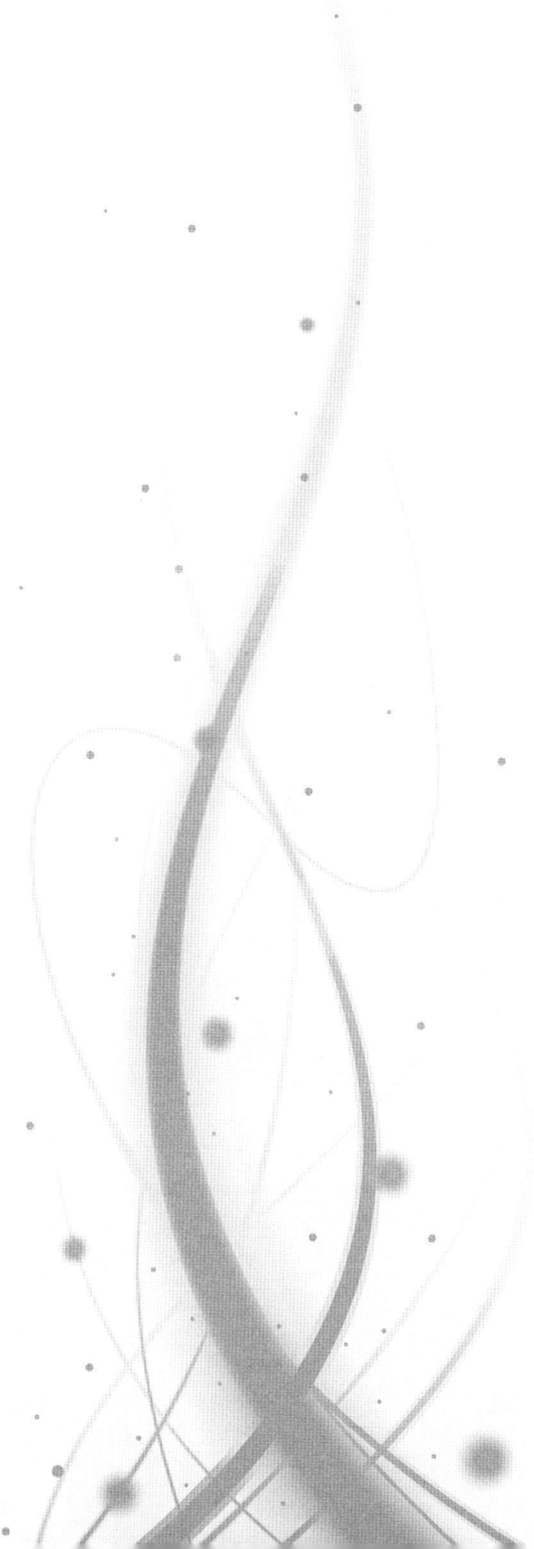

國家圖書館出版品預行編目資料

在法律的刀刃上起舞 / 露西著, --初版-- 臺北市：博客思出版事業網, 2021.08
面； 公分--（現代文學70）
ISBN：978-957-9267-96-0（平裝）

857.7 110006007

現代文學 70

在法律的刀刃上起舞

作　　者：露西
編　　輯：張加君、凌玉琳
美　　編：凌玉琳
封面設計：塗宇樵
出 版 者：博客思出版事業網
發　　行：博客思出版事業網
地　　址：台北市中正區重慶南路1段121號8樓之14
電　　話：(02)2331-1675或(02)2331-1691
傳　　真：(02)2382-6225
E—MAIL：books5w@gmail.com或books5w@yahoo.com.tw
網路書店：http://bookstv.com.tw/
https://www.pcstore.com.tw/yesbooks/
https://shopee.tw/books5w
博客來網路書店、博客思網路書店
三民書局、金石堂書店
經　　銷：聯合發行股份有限公司
電　　話：(02) 2917-8022　傳真：(02) 2915-7212
劃撥戶名：蘭臺出版社　帳號：18995335
香港代理：香港聯合零售有限公司
電　　話：(852)2150-2100　傳真：(852)2356-0735
出版日期：2021年 8 月 初版
定　　價：新臺幣280元整（平裝）
ISBN：978-957-9267-96-0